ちょっぴり年上でも彼女にしてくれますか？

~いくつになってもお姫様~

Vol. 5

「俺が好きな相手は、これから先もずっと織原さん一人です」
「や、やだ……見すぎだよ、桃田くん」
「今すぐ桃田くんとは別れなさい」
桃田薫
織原姫
織原妃

「妃さん……なんで薫のことだけ名字で呼ぶんですか？」
「お、お前って奴は……どんな数奇な運命を歩んでるんだよ？」
「きみと姫が親戚になったとすると……姫はきみの「おばさん」になってしまうわけね」
桃田茂
桃田楓
白井雪

織原さんのメイド服姿、か。
それはきっと……
とてつもない破壊力と
なるだろう。

目次

ちょっぴり年上でも彼女にしてくれますか？５
～いくつになってもお姫様～

プロローグ……005
第一章　お姫様は秘密の恋がバレてしまいます。……013
第二章　お姫様は喧嘩します。……060
第三章　お姫様は愛のホテルに行きます。……100
第四章　親指姫も頑張っています。……145
第五章　お妃様が泊まりに来ます。……165
第六章　王様と王子様。……195
エピローグ……226

ちょっぴり年上でも彼女にしてくれますか？ 5
～いくつになってもお姫様～

望　公太

GA文庫

前回までのあらすじ

男子高校生・桃田薫は12歳年上の恋人、
織原姫はちょっぴり恋にお悩み中。
自分のほうが年上なのに、
甘えちゃってるのはいつも私だけ……？
そうした悶々を抱えながらも
初めての夏祭りの夜が二人を急速に近づける。

「俺、ずっとこうしたかったんです」

年下だから「大人」でいようとした桃田。

恋人に甘える勇気を知って、絆を深めていく。

そんな折、桃田は父・茂からある人を紹介される。

「今度、再婚することになったんだ」

はたして、その相手とは——

「——初めまして、織原妃と言います」

カバー・口絵　本文イラスト
ななせめるち

prologue プロローグ

『人生は選択の連続である』

かの有名な劇作家、ウィリアム・シェイクスピアの名言、らしい。

まあ厳密にはシェイクスピア自身の言葉ではなく、彼の書いた悲劇『ハムレット』に登場する名言らしくて――さらに言えば、実は『ハムレット』にはそんな言葉は一切《いっさい》登場せず、ネット上で勝手に広まってしまった架空の名言らしいんだけど――ともあれ。

シェイクスピアが言ったにしても言わないにしても、個人的にはまさしく名言であり、まさしく至言であると思う。

人生は選択の連続である――と。

まあ……ここまでは前に語ったことだ。

数ヶ月前――

同級生の指宿咲《いぶすきさき》という少女からの告白を受けたことがあった。

最初の体育館裏での告白は、酷《ひど》く杜撰《ずさん》で上から目線のものだったけれど、その次の告白――遊園地デートで再び受けた告白は、酷く真剣なものだった。

だから俺《おれ》も、真剣に断った。

彼女がいるから付き合えないと、愛している人がいるから付き合えないと、自分なりに誠心誠意、相手に思いを伝えた。

誰かを選ぶということは、誰かを選ばないということ。

俺は――織原姫《おりはらひめ》を選んだ。

指宿咲を選ばなかった。

俺みたいな奴《やつ》が誰かを選ぶなんておこがましいと思ったが――たぶん、その『おこがましさ』から逃げてはいけないのだろう。

『選ばない』という選択肢すらも『選ぶ』ことの一部だと考えれば、人は選択から逃げることはできないし――逃げても仕方がない。

『人生は選択の連続である』

今更語るまでもなく、人生は選択の連続で、選択の連続こそが人生だ。

なにを選ぶか、誰を選ぶか。

それでその者の人生が決まると言っても、過言ではない。

選択は、とても重要で尊いこと――のはずなのだが。

そういえば昔。

俺は親父から、真逆のことを言われたことがあった――

「薫《かおる》」

中学三年の、春ぐらいだっただろうか。

高校受験に備え、志望校を本格的に決めなければならなかった頃《ころ》。

中学生でも――中学生なりに、自分の将来について考えなければならなかった頃。

俺は親父と、少し真面目《まじめ》に将来について話し合ったことがあった。

と言っても、そこまで格式張った討論をしたわけではない。

祝日で整骨院が休みの日。

俺が院内の掃除をしていたところで、背後でカルテの整理をしていた親父が、雑談のように話を振ってきたのだ。

「お前、本当にうちを継ぐつもりなのか？」

「……そのつもりだよ」

声には少しばかり緊張が乗ってしまった。

桃田《ももた》家は代々……というほど代々でもないけれど、祖父の代から整骨院を営んでいる。

親父はその二代目。

長男である俺は、生まれたときから三代目となる運命が決まっており、立派な跡取りとなるべく英才教育を受けていた――

なんてことは、もちろんない。

『小遣《こづか》いが欲しけりゃ手伝え』理論で、院内の掃除やタオルの洗濯など、本当に簡単な雑務だけを手伝ってきただけ。

親父から後を継ぐように言われたことは一度もなかった。

近所に住んでいる常連のお爺《じい》さんお婆《ばあ》さんから『立派な跡取りがいて、将来安泰ね』なんて言われることは多かったけれど、親父は社交辞令のような笑みを浮べて『どうですかねえ?』と言葉を濁すだけだった。

でも。

俺の方は、なんとなく決めていた。

物心ついた頃から、この院を継ぎたいと思っていた。

死んだ爺ちゃんや親父が守ってきた『桃田整骨院』を、俺が引き継いでいきたいと思っていた。

そんな気持ちが、日々の態度にも出てしまっていたのだろうか。

だから親父は「本当にうちを継ぐつもりなのか?」と、確認するようなことを問うてきたのだろう。

「高校を出た後は、柔道整復師の専門学校に行きたいと思ってる」

俺は言う。

中学生なりに悩んで考えて選んだ将来を、口に出して宣言する。

「最初はどっか違うところで修業したりするかもしれないけど……最後は、この院で働いて親父の後を継ぎたい。爺ちゃんが始めて、親父が受け継いできたこの場所を、俺も守っていきたい」

口が渇き、鼓動が速くなるのを感じた。

親父と将来について真面目に話すのなんて、これが初めてのことだった。

少しの照れ臭さと――そしてかなりの緊張。

どんな反応をされるか、不安を感じずにはいられなかった。

息子が後を継ぐことを喜んでくれるのか。

それとも逆に、『そんな簡単な道じゃねえぞ』と怒られるのか。

中学生が、中学生なりに考えて出した結論と選択について、親父はどんな反応を見せるのか。

戦々恐々としてしまう俺だったけれど――

「ふうん。そうか」

親父の反応はかなり薄かった。

「まあ大変だと思うけど、頑張れよ」

それだけ言うと、またカルテ整理の作業に戻ってしまう。

「…………」

いや……え？

は、反応薄くね？

息子が親父の後を継ぐか継がないかって、結構重要なイベントじゃないの？

漫画やドラマだったら、必ず一悶着《ひともんちゃく》あるところじゃないの？

継ぐにしても継がないにしても、なんかしらの熱い親子ドラマがあるパートじゃないの？

俺、結構気合い入れて宣言したんだけど？

それなのに……なんだこの薄いリアクションは？

「ちょ、ちょっと、親父……？」

「ん？」

「その……も、もっとなんか、ないのかよ？」

「なんかってなんだよ？」

「いやだから……なんつーか、息子の将来についての親子の熱い討論とかないのかよ？　親父の後を継ぐこと……反対するとか」

「なんだ、反対して欲しかったのか？」

「そういうわけじゃねえけど」

「じゃあ、喜んで欲しかったのか。『さすがは俺の息子だ』とかって」

「そ、そういうわけでもねえけど……」

恥ずかしながら……少しぐらいはそういう気持ちもあったことは否《いな》めない。

親父に喜んで欲しくなかったと言えば嘘《うそ》になる。

でもだからと言って、本人の前でそれを認めてしまうのは癪《しゃく》だった。

そんな俺の葛藤《かっとう》を見透かしたかのように、

「まあ、嬉《うれ》しくないわけじゃないけどな」

と続ける。

「死んだ親父と俺で今日までやってきた整骨院だ。お前が後を継いでくれるっていうなら、そりゃ嬉しいさ。親父も草葉の陰で喜んでるだろう」

「…………」

「けど、継がないなら継がないで、それもいいさ。お前の将来になにかを強制する気持ちはこれっぽっちもない」

穏やかな微笑を浮べながら、親父は静かな声で告げる。

「俺の親としての仕事は、お前を大学か専門学校ぐらいまで通わせてやることだけだ。後はお前の人生だ。好きに生きろ」

「…………」

寛大というべきか、それとも放任主義というべきか。

あるいは、適当というべきか。

とにもかくにも、俺なりの決断はあっさりと承認されてしまったらしい。

本来なら喜ぶべきなのかもしれないが……正直、拍子抜けの気持ちの方が強い。

「……はあ」

「なんだ、気の抜けた声出して？」

「気も抜けるよ……俺なりに、結構デカい決断したと思ってたんだから」

愚痴《ぐち》るように俺は言う。

「いろいろ反対されるパターンも想定してたし。『ちゃんと大学まで行け』とか『今から将来進む道を決める必要はない』とか……」

「ははっ。まあ、そんなありがちなこと言う親父でもつまらんだろ」

冗談めかした口調で言う親父。

「どんな道だって、お前が選んだ道ならそれでいいんだよ。まあ、よっぽど酷くて明らかに間違ってそうな道だったら止めるかもしれないが……お前の人生はお前の人生で、俺の人生じゃないからな」

それにな、と親父は続ける。

少し顔を上げてどこか遠くを——空の上を見上げるようにして。

「人生でなにを選ぶかなんて、実は意外と重要じゃないんだよ」

第一章　お姫様は秘密の恋がバレてしまいます。

学生ならば長い長い夏休みが終わり、二学期の生活がスタートしてから数日が経《た》ってから、最初に訪れる週末。

つまり、社会人である私にとってはごくごく普通の週末。

九月初週、土曜日の昼下がり。

私は駅近くのカフェにいた。

最近オープンしたらしいオシャレなカフェで、パンケーキが若い女性を中心に大人気らしい。

なんていうか……『映える』らしい。

「きゃーっ、すごっ。美味《おい》しそうっ」

向かいに座る小松《こまつ》さんが歓喜の声を上げた。

パンケーキがテーブルに置かれるや否《いな》や、流れるような動作でスマホを取り出し、カメラアプリで写真を撮りまくる。

私はその光景を——黙って見ていた。

早く食べたいな、せっかくの生クリームが溶けちゃいそうだな、なんて思いながら、空気を読んで黙って見ていた。

　私なりに撮影の邪魔にならないよう気配を殺していたつもりだったけれど、やはりどうしても不自然さが滲《にじ》み出てしまったのか、

「……あっ。すみません、待たせちゃって」

　と小松さんが謝ってきた。

　ううむ。

　別に相手がご飯をパシャパシャ撮ったりすることにはさっぱり抵抗はないんだけれど、こっちが写真を撮ってないと、こんな風に気を遣わせたり焦《あせ》らせたりしてしまうのが申し訳なくなってくる。

　かといって、相手に合わせて撮るつもりもない。撮る振りでもすれば間は持つのかもしれないけれど……間違ったことをやって『え？　なにあの撮り方？』とか思われるのも嫌だし。たぶん、いろいろあるんだよね。専用のカメラアプリとか、撮り方のセオリーとか。

「ううん、いいよ。気にしないで」

「織原《おりはら》チーフは、インスタとかやってないんですか？」

「う、うん」

「えー、どうしてです？」

　すごく驚いた顔をされてしまった。

「ど、どうしてと言われると……別に理由もないんだけど」

本当になんの理由もない。

確固たる意思やポリシーを持ってるわけでもない。

やる理由がないからやってないだけなんだけど……なんか最近はもう、ＳＮＳってやってない方が少数派の時代になっちゃったよね。

やってる理由より、やらない理由の方を聞かれる時代。

乗り遅れちゃったなあ。

今更始めるにしてもなんか抵抗があるっていうか、誰になにを聞いたらいいかわからないというか。

まあ厳密には一切《いっさい》やってないわけじゃなくて、ツイッターはちょっとやってるんだけど。

好きなゲームの公式アカウントや、好きなゲーム実況者のアカウントをフォローしてたりする。といっても、自分からなにかを呟《つぶや》いたことは一度もないので、完全に見る専門。

これで『SNSをやっている』というのは、ちょっと抵抗がある。

「ていうか……会社じゃないんだから、チーフって呼び方は変じゃないかな」

「あっ、そうですね。じゃあ、織原さんって呼びます」

人懐《ひとなつ》こい笑顔を浮べる小松さん。

それから二人で、『映える』らしいパンケーキを食べ始める。

明らかに見た目全フリみたいな盛り付けだったけれど、食べて見れば味もなかなかのものだった。

ただアラサーの身としては……どうしてもカロリーが気になってしまった。

食べた分、運動しなきゃなあ。


小松さんは、私の会社の後輩である。

彼女が契約社員としてうちの会社に入ってきたときから、私が一応、教育係みたいな立ち位置だった。

見た目は、オフィスカジュアルを華麗に着こなす今時の女性社会人という感じ。

明るく社交的で、今時の流行とかにも詳しくて、きっと学生時代はリア充だったんだろうなあ、という印象を受ける。

同じ部署で働く上司と部下として、彼女とはそれなりに良好な関係を築いてきたと自負するが――少し前、その関係に変化が訪れた。

悪い方ではなく、いい方に。

いろいろ省いて大雑把に言えば……『中間管理職・織原姫《ひめ》』とタイトルをつけたくなるような、社畜奮闘ドラマがあったのだ。

契約社員である小松さんが提出した企画が、上司のモノになりそうだった。

だから私は――そんな横暴を防ぐべく奮闘した。

結果的には私が仲良くしていた掃除のおじいちゃんが実は我が社の会長だったという極めて斬新な展開により、どうにかこうにか事態は丸く収まった。

のだけれど。

それ以来……どうも小松さんが私に懐いてしまったのだ。

「あーっ、美味しかった！　当たりでしたね！」

パンケーキを食べ終えた後、小松さんはとても楽しそうに言った。

「このカフェ、最近ずっと気になってたんですけど、なかなか来る機会がなかったんですよねー。織原さんと来られてよかったです！」

「うん、美味しかったね。誘ってくれてありがとう」

「いえいえ、こちらこそ付き合ってくれてありがとうございます」

笑顔でやり取りをするけれど――正直、内心は複雑。

ぶっちゃけよう。

私は……会社の人とは仕事以外で極力顔を合わせたくない派の人だ！

仕事とプライベートは分けたいタイプ！

なんていうか……休みの日にまで仕事のことを思い出したくない。職場の人とプライベートで揉《も》めたりして仕事に影響が出るのが嫌。

会社の飲み会は忘年会と新年会に少し顔を出す程度。

二次会なんて絶対に行かない。

後輩ができてからも、自分から誘ったりしたことは一度もない。

そんな私が……まさか、後輩から休日のランチに誘われてしまうなんて。

『今度飲みに行きましょう』と誘われて、『いやー、私あんまりお酒得意じゃなくて』と誤魔化《ごまか》したら、『じゃあランチにしましょう！』とグイグイ迫られてしまったのだ。

今時の後輩はすごいなあ。

いや別に――嫌ってわけじゃないけどね。

小松さんのことは個人的に好きだから、こうして一緒にランチしてても苦痛じゃないし、それどころか結構楽しいんだけど……それでもなんていうか、休日に会社の人と会っていることに対する変なモヤモヤが心の中にあるというか。

まあ。

特に予定もなかったから、別にいいんだけど。

今日は桃田《ももた》くんも用事があるらしい。

あまり詳しくは聞いてないけれど、お父さんから『今日は家にいるように』と言われたそうだ。

ふーむ。

いったいどんな用事なんだろう？

ちょっと予想がつかないな。

「織原さんって、私服だとだいぶイメージ違いますね」

つい桃田くんのことを考えてしまう私に、小松さんが言う。

「いつも地味なスーツ姿しか見てないから、すごく新鮮です……って、あっ。す、すみません、地味とか言っちゃって……」

「あはは。別にいいよ」

苛立《いらだ》ちもしないし、凹《へこ》みもしない。

毎日のファッションを面倒臭がってスーツで出勤しているのだ。

地味と思われることぐらい覚悟の上である。

「でも、ほんと……びっくりですよ。今日駅で声かけられたとき、『誰だこの美女⁉』って驚きましたもん。眼鏡《めがね》はないし、髪もまとめてなくてサラサラストレートで、別人みたいに綺麗《きれい》でかわいいです」

「ちょ、ちょっと、褒《ほ》めすぎだってば……」

照れてしまう私だったけれど、小松さんは少し真剣な顔となり、

「織原さんって、本当に彼氏いないんですか？」

と言って、ジッとこちらを見つめてきた。

「い、いないよ。前にも言ったでしょ？」

「ほんとですか？　なんていうか――彼氏がいる女子のファッションって感じがするんですよね」

「うっ……」

す、鋭い。

ていうか……え？

そういうのってわかるの？

リア充な社会人ってファッションで彼氏の有無わかっちゃうの？

「上手《うま》くは言えないんですけど……織原さん、ちょっとだけ雰囲気変わったんですよね。元から優しいんですけど、より優しくなったっていうか、幸せそうになったっていうか。具体的には――今年の五月末ぐらいからなんですけど」

鋭すぎない⁉

時期がドンピシャなんだけど！

エスパーなの⁉

あるいは……私が、とてつもなくわかりやすかったのか。

初彼氏に浮かれてしまって、職場でも幸福感が滲み出ていたのか。

うわあ。

は、恥ずかしいぃ……！

「えと、その……ま、まあ、実は。その頃《ころ》に、いい出会いがありまして……」

「わあっ、やっぱりそうだったんですね！」

もはやこれ以上誤魔化せないと思って白状すると、小松さんは大層嬉《うれ》しそうな顔となってしまった。

「だ、誰にも言わないでね！　まだ周りに言ってないことだから……」

「大丈夫です、わかってますって。私、こう見えて口は固いですから」

「ほんとに……ほんとに誰にも言っちゃダメだからね」

軽そうに言ってくる小松さんに対し、私は強く念を押す。

「もう、ほんとに、お願いだから……。なんていうか……本当に人にバレたらダメなやつで……。職場はもちろん、家族にも友達にも言わないで欲しいの……。お、お願いします。一生のお願いだから秘密にしておいて……！」

焦る余り、言葉に熱が籠《こ》もってしまったけれど——冷静に考えてみれば、完全に逆効果だったかもしれない。

案の定小松さんは、段々と表情を引き攣《つ》らせて、

「……わ、わかりました。誰にも言いません」

と、強く頷《うなず》いた。

恐怖さえ感じているような顔だった。

私はどれだけ追い詰められた態度で念を押してしまったのだろう？

「えと、あの……ま、まあ、あんまり人に言うことじゃないしね！」

「だ、大丈夫です、本当に……。あの、私、そういうのにも少しは理解はあるっていうか。恋って禁じられている方が盛り上がるって言いますもんね」

小松さんは言う。

「たとえ相手が結婚してても、好きになっちゃったらしょうがないですし……」

「…………」

どうやら私は、既婚者と不倫していると思われたらしい。

大変不本意だけれど……まあ、結果オーライなのかなあ。

未成年と付き合っているという真実がバレなかったなら、それでいい。

不倫の濡《ぬ》れ衣《ぎぬ》ぐらい、甘んじて受けよう。

「えっと……じゃあ織原さん、今日はパーっと遊びましょうか！」

無理やり作ったような笑顔で、小松さんは言った。

「なんか二人で楽しいことしましょう！　日頃の悩みや嫌なこと、全部忘れられるように！」

……気を遣われてしまった。

禁じられた恋愛をしているせいで心身共に疲労していると勘違いされて、後輩から気を遣われてしまった。

ど、どうしたらいいんだろう、これ？

本当のことを言うわけにもいかないし。

別に私は、不倫みたいに未来がない辛《つら》いだけの恋愛をしてるわけじゃ――

「…………」

ああ――いや。

案外私も、不倫のことをバカにできないのかもしれない。

今付き合っている相手は――15歳の高校生。

完全なる未成年。

法的にはアウトな交際。

不倫している人をとやかく言えるほど、誇らしい恋愛はしていない。

辛いだけの恋ではないけれど、未来についてはなにもわからない。

いや。

わからないというより、考えないようにしている、と言った方が正しい。

いつか必ず向き合わなければならない現実から必死に目を背けて、夢のように幸福な時間に逃避をし続けている。

と。

心が不安に傾き始めたところで——テーブルに置いていたスマホが震えた。

見れば、お姉ちゃんからの着信だった。

私は小松さんに断ってから席を外し、カフェの外に出て電話に出る。

「もしもし、お姉ちゃん？　どう——」

『——姫。あなた今、どこにいるの？』

単刀直入。

私の言葉が終わるのも待たず、食い気味に言うお姉ちゃん。

その声は、ずいぶんと硬質で尖《とが》ったものだった。

「ど、どこって……昨日言った通り、会社の後輩とランチしてるんだけど」

『今すぐ帰ってきなさい』

「え？」

『今すぐ帰ってきなさい、と言ったの』

強い声で、強い言葉を繰り返す。

酷《ひど》く一方的な物言いに、私は困惑してしまう。

「ま、待ってよ。ランチは食べ終わったけど……これからどこか遊びに行こうかって話になってて……」

『仕事ではないのでしょう？　だったら帰ってきなさい』

「なんでそんな……ていうか、お姉ちゃんこそ予定があったんじゃないの？　今日は確か、彼氏さんの家に挨拶《あいさつ》に行ったんじゃ……」

お姉ちゃんには、最近になって彼氏ができた。

話を聞く限りでは……なんていうか、付き合う前から肉体の関係があるようなグダグダな関係だったようだけれど、今では正式に交際しているらしい。

34歳のお姉ちゃんの場合――付き合うとなれば当然、すぐにでも結婚の話が出てくる。

幸い、というべきか。

相手の方もその辺はしっかりした方で、交際する段階で『結婚を前提として正式にお付き合いしたい』と申し出てくれたらしい。

しかし――一つ問題があった。

問題というか、ちょっとしたハードルがあった。

詳しくは聞いていないけれど――どうやら相手の方も過去に結婚経験があるようで、そこそこ大きめの子供がいるらしい。

娘が一人と、息子が一人。

相手の男性は今も子供二人と住んでいるらしく――もしも結婚まで話が進めば、お姉ちゃんはその二人と一緒に暮らすこととなる。

見知らぬ他人が、いきなり母親。

子供にとってはなかなかハードルが高いことだし、お姉ちゃんにとっても大変なことだろう。

子供を産んだ経験がないのに、いきなり二人の子供の母親になるなんて。

今日はとりあえず顔合わせみたいな感じで、相手の子供達に紹介してもらう予定だったらしい。

向こうの家で昼食を食べると言っていたけれど……ふむ。

この機嫌の悪さは、なにか不都合があったのだろうか？

「お姉ちゃん……もしかして、なにか失敗しちゃったの？」

『……そうね、失敗と言えば失敗よ』

落胆と苛立ちを感じさせるような、暗い声で言う。

『朝から気合いを入れてメイクして——気合いを入れて「あまり気合いを入れてないように見える年相応の落ち着いたメイク」をして、派手すぎないけれど女らしさを忘れない清楚《せいそ》なファッションを考えて……「こんな人が母親になってくれたら嬉しいな」って思ってもらえるように一生懸命着飾って、台詞《せりふ》なんかも予習していたのに……全部台無しよ。食事なんてほとんど喉《のど》を通らなかったし、会話も全然弾《はず》まなかったわ』

「そ、そうなんだ……大変だったね」

『ええ。おかげさまで』

お姉ちゃんは酷く嫌みったらしい口調で言った。

おかげさまで？

いい、い、、

どういう意味だろう。

私、なにかしたっけ？

『……とにかく、今すぐ帰ってきなさい、姫』

お姉ちゃんは言う。

『あなたの人生に関わる、大事な話があるから』

そこで通話が終わる。

どうしよう。

全然意味がわからない。

でも――無視するのは躊躇《ためら》われた。

お姉ちゃんの声には並々ならぬ威圧感が籠もっていた。なにか退《の》っ引《ぴ》きならない事情を抱えているのかもしれない。

いったい、お姉ちゃんになにがあったのか――と。

深く考え込んでいる途中で、またスマホが震えた。

今度は通話ではなくライン。

桃田くんからだった。

その内容を読んで、

「――っ⁉︎」

心臓が止まるかと思った。

驚愕《きょうがく》と絶望の余り、思わずその場で膝《ひざ》を突きそうになる。頭が真っ白になるようだったけれど、徐々に理解していく。

お姉ちゃんの怒ったような追い詰められたような態度の理由や、嫌みっぽく聞こえた言葉の意味が、ようやくわかった。

わかってしまった。

現実逃避に慣れていたせいで、うっかり失念していた。

退っ引きならない事情を抱えていたのは、お姉ちゃんじゃなくて私の方だった。

♠

本当に驚いたとき、人間というのは言葉も出ないらしい。

なに一つリアクションできずに固まってしまう。

そのくせ思考だけは変に加速する。

無意味に加速して渋滞する。

ぐるぐると巡り、ごちゃごちゃと絡《から》まり、結局考えは何一つまとまらない。周囲の声なんて全く頭に入ってこなくなり、会話すらもままならない。

俺《おれ》もそうだったし——たぶん、妃《きさき》さんもそうだったのだろう。

九月初旬の土曜日。

親父から『紹介したい人がいる』と告げられた。

現在交際している相手を、俺と姉貴に紹介したいらしい。

いい話か悪い話かで言えば、きっといい話なのだろう。

俺はそう思ったし、姉貴もそんな感じだった。

会ったこともない相手が俺達の新しい家族になるかもしれない——そのことに不安や抵抗が一切ないと言えば嘘《うそ》になるけれど、それでも嬉しいという気持ちの方が大きかった。

母さんが事故で亡くなった後、十年以上俺達を育ててくれた親父が、ようやく自分の幸せを見つけようとしているのだ。

息子として、素直に応援したいと思った。

なにができるかはわからないけれど、親父とその人との関係を壊すようなことだけはしないようにしよう——とか。

俺はそんな風に考えた。

だから——夢にも思わなかった。

——は、初めまして。私、織原妃と言います。

親父が連れてきた相手が、まさか自分の彼女の姉だなんて。

――茂《しげる》さんとは、少し前からお付き合いさせていただいてます。急には無理だと思うけれど……これから少しずつ二人と仲良くなっていければ――え？

――え……？　え？

顔を合わせた瞬間、俺と妃さんは完全に固まった。

驚愕のあまり、なんのリアクションもできなかった。

妃さんの気持ちを考えれば、当然の話だろう。

結婚を前提に交際していた相手には子供がいて、顔合わせに行ったら――そこで待ち受けていた子供の一人が、妹の彼氏だったのだから。

しかも。

25歳の社会人――と説明されている彼氏だ。

思考が停止して硬直してしまうのも当たり前。

そして俺の方も、突発的な状況に全く対応できなかった。驚いて固まるばかりで、気の利《き》いた言い訳はおろかまともに言葉すら出てこなくなった。

だから……その後は悲惨だった。

親父が出前を取って、四人で一緒に昼食を食べる流れになったけれど……なんていうか、えげつない空気となった。

事情を知らない親父や姉貴がどうにか盛り上げようとするも、俺と妃さんはぎこちない反応しかできなかった。

気もそぞろで、心ここにあらず。

せっかく奮発してくれた高級な天ぷらも、ほとんど味がしなかった。妃さんに至っては半分以上残していた。

そうしているうちに、親父が妃さんの体調を心配し始めて、顔合わせの食事会は微妙な空気のまま解散となった。

親父が妃さんを送っていき、俺と姉貴は家に残される。

そして。

食事会解散から一時間ほどが経過した頃。

俺の下に――妃さんから呼び出しがかかった。

親父や姉貴には内緒で今すぐ来るように、と。

「…………」

「…………」

「………」

果てしなく重苦しい空気が室内を満たしていた。

場所は織原さんの部屋。

部屋にいるのは俺、織原さん、妃さんの三人。

織原さんは確か、今日は会社の後輩とランチに行くと言っていたけれど、どうやら俺と同じように呼び出されたらしい。

予定があったのに、無理やり呼び出された。

無理もない。

妃さんからしてみれば、それだけの緊急事態なのだろう。

なにせ。

25歳だと思っていた妹の彼氏が、実は15歳だったのだから――

「……はあ」

長い長い沈黙の果て、妃さんは深々と息を吐き出した。

向かい合う俺と織原さんは、ただそれだけの動作でビクリと体を竦《すく》ませてしまう。

「なんて言ったらいいのかしらね……？　もう、驚きすぎて怒る気力もないわ」

深い溜息《ためいき》のように言葉を零《こぼ》す。

怒りを通り越して呆《あき》れて、呆れを通り越して頭痛を覚えているような、そんな険しい顔だった。

「結局二人で私を騙《だま》していた、ということね」

「だ、騙していたわけじゃ……」

「騙していたんでしょう。姫ちゃんは、私にもお母さんにも嘘をついてた」

反射的に声を上げた織原さんを、硬い声で制す。

「桃田くんのことを――25歳の社会人だなんて言ってたんだから」

「……っ」

織原さんはなにも言えなくなってしまう。

騙していた。

それは――その通りなのだろう。

織原さんだけが悪いわけじゃない。俺だって同罪だ。同罪であり共犯だ。彼女がついた嘘を否定せず、一緒になって乗っかっていたのだから。

この部屋についてから――

結局俺達は、あらゆる事情を洗いざらい白状した。もはや誤魔化せる状況ではなかったと思う。真実を伝える以外、どうすることもできなかった。

だから、全てを話した。

俺の正体が――15歳の男子高校生である、と。

「大手IT企業に務める若手ホープだなんて、ずいぶんと嘘を盛ったものね、姫ちゃん」

「うう……」

「プログラミングにもパソコニングにも精通した、ＩＴのエリートだって言ってたのに」

「パ、パソコニング……？」

思わず食いついてしまう俺。

プログラミングはわかるけど……パソコニング？

「あら、知らないの桃田くん？」

妃さんは失望したように言ってくる。

「パソコニングを知らないなんて、やはりあなたはただの高校生だったようね。ＩＴ企業に関わるものならば、パソコニングを知らないなんてありえないんだから」

「…………」

すげえドヤってくる妃さんだった。

俺はさっぱり意味がわからなかったが、隣の織原さんはなぜかいたたまれないような表情となり、「……あ、あの、お姉ちゃん」と小声で告げる。

「言いにくいんだけど、パソコニングっていう言葉は……本当はないの」

「……え!?」

「この前の飲み会のとき、私が咄嗟《とっさ》にでっちあげたＩＴっぽい言葉で……」

「で、でっちあげた……？」

「……うん」

「そんな……わ、私、あちこちで得意げに話しちゃったわよ……？　『うふふ、みなさん、パソコニングを知らないんですかぁ、遅れてますねぇ』みたいなノリで……！」

「……ごめん」

「え、ええ～……、嘘でしょ～……」

どうやら、俺の知らないところでいろいろあったらしい。

自分がドヤ顔で間違った知識を広めまくっていたことに気づいた妃さんは、羞恥《しゅうち》の余り顔を真っ赤《まか》にしてしまうが、

「……んんっ！　ま、まあ、パソコニングのことはどうでもいいのよ」

と話を本筋に戻した。

本筋の、シリアスな話に。

「問題なのは――あなたが未成年の高校生であることよ、桃田くん」

「……すみません」

俺は頭を深く下げた。

頭を下げる以外、どうしたらいいかわからなかった。

「これまで嘘をついていて……本当にすみませんでした」

「お、お姉ちゃん！　桃田くんは悪くないの！　全部私が悪いの！　私が最初にお姉ちゃんや

お母さんに嘘ついて誤魔化したのが悪くて……桃田くんは私に合わせてくれただけなの……だから――」

「……別に、誰が悪いなんて話はしてないわよ」

妃さんは困り果てたように言う。

「謝られてどうこうなる問題でもないし……。はあ……あ〜、もう、どうしてこんなことになるのかしら……？」

天を仰ぐようにして、頭を抱えてしまう。

「やっと、やっといい人と出会えたと思ったのに……今度こそ幸せになれると思ったのに……。茂さんに子供がいるってわかっても、この人の子供ならきっと愛せる、頑張って家族になっていこう、って覚悟を決めてたのに……」

懊悩《おうのう》の声が続く。

「……なによ、その息子が実は妹の彼氏だったって。前から知ってる男の子で、25歳の社会人だと思ってた相手だったなんて……。どうしたらいいのよ、そんな突飛なシチュエーション……!?」

「……す、すみません」

魂の叫びをあげる妃さんに、俺は繰り返し謝罪する。

なんだろう……いろんな意味で申し訳なかった。

「……お姉ちゃん、茂さんと——桃田くんのお父さんと出会ったの、六月って言ってたよね？」

織原さんが言う。

親父と妃さんが出会ったのは、今年の六月。

妃さんが地元からこの部屋に泊まりに来ていた頃らしい。

その辺りで、親父といろいろあったらしい。

まあ……以前カラオケ店で聞いた話によれば、なんていうか、その……出会ったその日に肉体関係らしきものがあったらしい。

それも……妃さんからの猛烈なプッシュで。

なんていうかさあ。

ただでさえ彼女のお姉さんのそういう話なんて聞きたくもなかったのに、それがまさか自分の親父の話だったなんて。

切実に聞きたくなかったよ……。

「順番で言えば……桃田くんに会った後に茂さんに会ったはずでしょ？　なにか気づかなかったの？　名字とか……あと顔とか。桃田くん、結構お父さんと顔の系統が似てると思うんだけど」

「気づくわけないでしょう……？　名字なんてただの偶然だと思ってたし……それに顔は」

「顔は？」

「……私と姫ちゃん、男の好みそっくり！　さすがは姉妹！　と思ってた……」

「えー……」

織原姉妹が揃《そろ》って顔を赤らめてしまう。

俺は俺で恥ずかしくなり、なんか変な空気になった。

いや、まあ、うん……結構似てるんだよな、俺と親父って。

背が高くて、肩幅広くて、目つきがややキツい塩顔。

似たもの親子なのである。

「……ってあれ？　顔の系統って」

恥じらっていた妃さんが、ふと顔を上げて織原さんを見つめる。

「姫ちゃん。あなた、茂さんに会ったことがあるの？」

「あ……う、うん。でも、彼女として会ったわけじゃないよ！　腰を痛めたときに、普通にお客さんとしてあの整骨院に通ってただけで……」

「……そう。じゃあやっぱり、茂さんはまだこのことを知らないのね」

妃さんは言う。

「当然よね。知ってたら――許すはずなんてないもの」

声が少しだけ、しかし確かに沈んだ。

「姫ちゃん」

真剣な目を織原さんに向け、冷たい声で言い放つ。

「今すぐ桃田くんとは別れなさい」

衝撃——は意外と少なかった。

それどころか、どこか納得するような気持ちすらある。

ある意味、予想通りの反応だった。

当たり前だ。至極当たり前の話だ。

俺達の関係が表沙汰になれば、反対されるのは自明の理。

15歳の高校生と、27歳の社会人。

そんな男女の恋愛関係は——この国では推奨されていない。

だから隠していたのに。

騙し騙しで、今日までやってきたのに。

いつかは向き合わなければならない現実から、逃げ続けてきたのに——

「そ、そんな……！　ど、どうして」

「どうしてもこうしてもないわよ。許されるわけがないでしょ、未成年との恋愛なんて」

泣き出しそうになる織原さんに、妃さんは強い声で言い放った。

それから深々と息を吐き出す。

「……私だってショックなのよ？　妹に初めての彼氏ができて、その相手はなかなかの好青年だと思ってたのに……まさかそれが、男子高校生だったなんてね。私は……あなた達二人のこと、応援してたのに……」

悲痛さを帯びた言葉に、胸が痛む。

そうだ。

俺達は妃さんを騙していた。

つまり——裏切っていたんだ。

俺達カップルを応援してくれていた妃さんの気持ちを、踏みにじってしまった。

「た、確かに私は……お姉ちゃんに嘘ついてたよ」

弱々しい声で、織原さんは言う。

「でも……全部が全部嘘ってわけじゃない」

「…………」

「私と桃田くんはちゃんと本気で付き合ってる……そこだけは、嘘じゃない」

織原さんは言った。

震える声で、しかし強い意志を込めて。

妃さんは、困ったように呆れたように眉《まゆ》を顰《ひそ》める。

「……そうだったとしても、世間的に許されることじゃないの。あなただってそのぐらいはわかるでしょう？」

「べ、別に、私がお金出して付き合ってるわけじゃないんだよ？　売春とかママ活とかじゃなくて、私と桃田くんはちゃんと真剣に付き合って……………」

「真剣だろうとなんだろうと、法律的に問題なのよ」

「法律って……わ、私、調べたんだけど、この県の条例の場合、金銭の授与なしできちんと交際してて、未成年側の保護者が許可してれば、オッケーだって」

「桃田くんの父親は――茂さんは許可していないんでしょう？」

「それ、は……」

「だったら話は終わりよ。桃田くんに――いえ。桃田家にこれ以上迷惑をかける前に身を引きなさい」

「……う、うう」

　正論が。

　これ以上ないぐらいの正論が、俺の彼女を押し潰《つぶ》していく。

　織原さんはなにも言い返すことができなくなって俯《うつむ》いてしまった。その目は涙を必死で堪《こら》えているようにも見えた。

「桃田くん」

妃さんは、そこで視線を俺の方へと移した。

「わかってくれるわよね？　あなたと姫ちゃんが交際することは……世間的に許されることじゃないの」

「……っ」

「男子高校生と付き合ってるなんてことが明るみになったら、姫ちゃんは大人として、社会人として、世間からどんな顰蹙《ひんしゅく》を買うかわかったものじゃない。必ず偏見と好奇の目にさらされることになる。会社での立場に影響が出るかもしれないし……姫ちゃんだけじゃなくて、うちの家族も世間から白い目で見られるかもしれない」

「…………」

「もちろん、姫ちゃんだけじゃないわ。あなただって、これからの将来によくない影響が出ると思う。なにより――あなたみたいな子供が27歳の女性と交際することを、茂さんが快く思うとは思えない」

「…………」

「だから……姫ちゃんとはもう終わりにして欲しいの。桃田くんなら、私の言いたいこと、ちゃんとわかってくれるわよね？」

穏やかな声音で、優しく言い聞かせるように言ってくる。

わかってくれるわよね？

確認の言葉が、念を押すように繰り返された。

それはあるいは――信頼、だったのかもしれない。

嘘がバレる前は、妃さんは俺達の関係を応援してくれていた。

俺のことを、妹の彼氏として認めてくれていた。

自惚《うぬぼ》れかもしれないが――俺のことを、男性としてそれなりに評価していたのだと思う。

もちろんそれは『大手IT企業の若手ホープ』という嘘の肩書きに裏打ちされた評価なのだろうけれど――それでも少しは、少しぐらいは、俺の性格や人間性の部分も、認めてくれていたのだと思う。

だから今――彼女は俺に頼んでいる。

話が通じる相手だと信用し、俺の持つ良識や社会通念に問うている。

常識的に考えたらわかるわよね？　と――

「……っ」

歯を食いしばり、拳《こぶし》を強く握りしめる。ズボンには深い皺《しわ》ができていた。

ああ――

こうなることは最初からわかっていたことだ。

15歳の高校生と、27歳の社会人の交際。

周囲に祝福されるはずもない、禁断の恋。

万が一関係が明るみになった場合——被害を被《こうむ》るのは織原さんの方だ。

傍《はた》から見れば、大人が子供を誑《たぶら》かした図となるのだろう。

未成年との交際。

大人一人の社会的地位を失墜させるには、十分すぎる。

だからうちの家族以上に、相手の家族が反対するのは当然だ。だれも身内から犯罪者を出したくはないだろう。

妃さんの言い分は——正しい。

これ以上ないぐらいの正論。

いよいよ——時間が来たのかもしれない。

夢から覚める時間が来たのかもしれない。

最初から俺達の関係なんて、薄氷の上を歩むような危うい関係だったのだ。未来から目を逸《そ》らして、今だけを見つめて付き合ってきた。

まるでお互いに、いずれ来る別れを心のどこかで悟っていたように——

今この瞬間だけを大事に、刹那《せつな》的に、禁断の愛を育んできた。

でも。

とうとう終わりが来たのかもしれない。

相手の家族にバレて、真正面から交際を反対されてまで、織原さんと付き合い続ける勇気と覚悟は、俺にはない。
どう考えても俺が織原さんを不幸にする。
俺の存在が、彼女にとってどれだけのリスクかわかったものじゃない。
織原さんの家族を壊してまで、付き合い続けることになんの意味があるのだろう。
本当に彼女のことを思うなら、俺はここで身を引くべきだ。
俺といたら彼女は幸せになれない。
織原さんの幸せのためを思うなら、俺は一緒にいるべきではない——
「…………」
とか。
なんとか。
少し前の俺ならば、たぶん、こんな風に考えただろう。
『本当に彼女のためを思うなら』
『彼女の幸せを思うなら』
そうやって彼女を言い訳にして——戦おうとしない自分を正当化しただろう。
でも。
今は——
「嫌です」

俺は言った。

声は少し震えてしまったけれど、はっきりと言った。

妃さんの目をまっすぐ見据えて、拒絶の意思を伝えた。

「俺は、織原さんと別れたくありません」

「なっ……なにを言ってるの、桃田くん？」

「交際を続けたいです」

「ど、どうして……？」

「好きだからです」

裏切られたような顔で訴える妃さんに、俺は言った。

どうして？

そう問われてしまえば、答えなんて一つしかなかった。

「織原さんのことが好きだからです。好きだから、これからも一緒にいたい。ずっと、ずっと一緒にいたいんです。絶対に別れたくないんです……！」

胸の奥から言葉が溢《あふ》れてくる。

「俺達が付き合うことの危険性は……わかってるつもりです。俺と一緒にいたら、織原さんは不幸になってしまうのかもしれない……でもっ、それでも……一緒にいたいんです」

飛び出す言葉は――全てが本音だった。

着飾らない、ただの本音。

夏祭りの日――

織原さんの浴衣《ゆかた》がはだけて、つい我を忘れて襲いかかって――そして、そんな愚かな自分を彼女に優しく包んでもらえた日。

あの日俺は、少しだけ甘えることを覚えた。

背伸びをして大人ぶるのをやめて、ありのままの自分を出すことの大切さを知った。

だから今も――本音で向き合おう。

それぐらいしか、俺にはできないのだから。

子供の俺には――どうやったって大人にはなれない俺には、自分本位なわがままを叫ぶ以外、相手に本気を伝える術《すべ》がないのだ。

「俺が好きな相手は、これから先もずっと、織原さん一人です。織原さん以外の相手なんて考えられません」

「そ、そんな……」

「――私も同じ気持ちだよ、お姉ちゃん」

戸惑う妃さんに、織原さんが言う。

「年の差なんて関係ない……って、言えたらいいだろうけど、たぶんそんなことはないんだろうね。まだ付き合って数ヶ月だけど……いろいろ大変なことはあったし、これから先、もっともっと大変なことが出てくるのかもしれない」

でも、と続ける。

「これから先、どんな困難が待ち受けていても――それを桃田くんと一緒に乗り越えていきたい。私だって……桃田くんが大好きだから。桃田くん以外の相手なんて、考えられないから」

「織原さん……」

心が熱く燃えるようだった。

愛する人が、自分と同じことを考えてくれている。

同じ道を見据えている。

それだけで――どんな困難にも立ち向かっていけるような気がした。

「……嘘、でしょ?」

妃さんはたじろぎ、顔を引き攣らせる。

「ま、まさか……そんな恥ずかしい台詞を真顔で堂々と言ってくるなんて」

「〜〜〜〜っ」

引き気味に言われ、俺と織原さんは急激な羞恥に襲われた。

盛り上がってた熱が一気に引いた感じ。

いや、なんつーかさあ。

そういうこと言うのなしじゃない?

引くのはズルくない？

恥ずかしい台詞とか言われたら、もうなにも言えないじゃん……。

「まあ……二人の気持ちもわかるわよ」

恥辱に苛《さいな》まれてなにも言えなくなる俺達に、妃さんは言う。

「その人以外は考えられないからずっと一緒にいたいっていう気持ちも、二人でならどんな困難でも絶対乗り越えられるっていう気持ちも……私にも理解できる」

でもね、と続ける。

「あなた達はまだ知らないのよ。恋人同士の語る『絶対』や『ずっと』が、どれだけ儚《はかな》くて脆《もろ》いかを」

それは――強い言葉だった。

同時に、なんだか寂《さび》しい言葉だった。

こちらを見つめる妃さんの瞳《ひとみ》には、徐々に悲痛な色が滲んでいく。

「誰だって、どんなカップルだって……そうなの。上手くいってるときは、なんだってできる気がするし、どんな困難にも打ち勝てる気がする。この人以外には考えられないって思えるし、相手が絶対に運命の相手だって確信してる――でも、そんなのは全部、恋愛脳が見せる幻想でしかないのよ」

「お姉ちゃん……」

織原さんもまた、痛みに耐えるような顔つきとなる。

きっと二人は――妃さんの過去を思い出しているのだろう。

織原妃には結婚経験がある。

織原ではなく別の性を名乗っていた時代がある。

彼女には数年前まで、最愛の夫がいた。

将来を誓い合って結婚した相手がいた。

でも――彼女はもう、夫婦では生きていない。

離婚の理由までは詳しく聞いていないけれど――なにかしら、これ以上結婚生活を続けられなくなる事情があったのだろう。

将来を誓い合ったはずの二人は――結婚というシステムで永遠の愛を手にしたはずだった二人は、今はもう、別々の人生を歩んでいる。

「運命の相手じゃない相手を、運命の相手だって思い込んでしまう――そんなこと、現実じゃよくあるのよ。恋って信じられないぐらい、人を盲目にさせてしまうから」

私もそうだったわ、と。

妃さんは語る。

淡々と――感情を押し殺したように淡々と、語る。

「この人が絶対に運命の相手だと思って結婚して、一緒に暮らす夫婦になって、幸せの絶頂で……でも幸福な時間は、数年と保たなかったわ。日常生活ですれ違うようになって、いつの間にか段々と距離が遠くなって、最後は相手に浮気《うわき》されておしまい……私は——選ぶ相手を間違えた。間違えた相手を、運命の人だと思ってしまったの」

言い切り、そして改めて俺達を見る。

「今のあなた達の覚悟なんて——恋に浮かれて舞い上がってるときの誓いや情熱なんて、なんの保障にもならないのよ」

俺達二人に向けられていた視線は、段々と織原さん一人へと集中する。

「姫ちゃん……あなたはもう27歳なのよ。桃田くんはまだ15歳……年の差は永遠に埋まらない。これから先、どこかで二人が破局したとき……ダメージが大きいのはあなたの方なのよ？　わかるでしょ？」

口調こそ厳しかったが、その声には優しさがあった。

結局のところ——妃さんは、織原さんが心配なのだろう。

姉として家族として、末っ子の心配をしている。

厳しさの全てが、優しさの裏返しなのだと思う。

しかし——

「……なに、それ？　全然わかんないよ。なんで別れること前提で話をするの？」

織原さんは、心外そうに反論する。

「ていうかダメージってなに？　なにがダメージなの？」

「それは……だから、女としての市場価値に傷がつくっていう意味よ。破局するにしても、20代と30代じゃ意味が違うの」

「意味わかんない……自分の市場価値なんて、私、考えたこともないもん」

織原さんは言う。

噛《か》みつくように、言う。

「お姉ちゃんは……自分の過去を私達に重ねてるだけじゃないの？　自分が失敗したからって、私達が失敗するって決めつけないでよ」

それは——彼女らしくもない、痛烈な一言だった。

追い詰められ、だいぶ感情的になってるらしい。

「わ、私だけのことじゃないわよ！　世間一般の話をしてるの！」

妃さんもまた、感情的になって反論する。

「カップルや夫婦がみんな上手くいくなら、誰も離婚なんてしないでしょ！　日本の離婚率知ってる？　三十パーセント超えてるのよ？　十組夫婦がいたら三組が離婚してるのよ！」

「七組も離婚してないじゃん！　離婚してない人の方が多いよ！」

「へ、屁理屈を……！　どうしてわからないの……姫ちゃん？　私は、ただ姫ちゃんには、私みたいになって欲しくないだけなのに……！」

「それがお節介なの！　こっちはもう27歳なんだから子供扱いしないでよ！」

「子供扱いするに決まってるでしょ！　中学生みたいな恋愛してるくせに！　四ヶ月も付き合ってまだベッドインしてないくせに！」

「なっ……!?　そ、それは今関係ないでしょ！　出会って初日にベッドインするような、ヤリマン熟女のお姉ちゃんと一緒にしないでよ！」

「ヤ、ヤリマン熟女……!?　ま、また言ったわね……うぅ〜〜、姫ちゃんのバカぁ！」

感情的な口論は、段々と子供じみていく。

27歳と34歳の姉妹がムキになって罵《のの》り合う光景を見せられた俺は、もうどうしたらいいのかわからなかった。

かと言って放置するわけにもいかない。

どうにかして止めねばと考えるが――

そのときだった。

「うっ」

ヒートアップする議論の途中――突如、妃さんが顔をしかめた。

手で口元を抑え、トイレの方へと駆け出していく。

続けて、嘔吐《えず》くような声が聞こえた。

「お、お姉ちゃんっ!?」

織原さんが慌《あわ》てて追いかけ、俺も後に続く。

トイレでは、妃さんがドアも閉めずにしゃがみ込んでいる。

便座に顔を向けて、げえげえ、と嘔吐いていた。

「ど、どうしたの、お姉ちゃん？　大丈夫……？」

心配そうに言いつつ、妃さんの背中を撫《な》でる。

「はあ、はあ……あ、ありがとう、姫ちゃん。だ、大丈夫よ……」

「二日酔い、じゃないよね？　どこか調子悪いの？」

「ううん……そういうのじゃなくて——今の時期は、しょうがないことだから」

真《ま》っ青《さお》な顔で、しかしどこか少し恥ずかしそうに言う妃さん。

「今の時期って……」

「ま、まさ、か——」

俺と織原さんは、ほとんど同時に察した。


「……さ、三ヶ月なの」


妃さんは言った。

手で下腹部を抑えながら、大変言いにくそうに。

三ヶ月。

その意味は、考えるまでもないだろう。

結婚を前提に付き合っている相手がいる女性が、急に嘔吐いたり『三ヶ月』と言ったなら、答えは一つしかない。

三ヶ月。

つまり――妊娠三ヶ月ということだ。

「え、え、え〜〜……」

織原さんは驚いたような困惑したような、大変複雑な表情となる。

「それは……な、なんていうか……お、おめでとう？」

「あ、ありがとう、姫ちゃん……」

タイミングがタイミングなせいか、変な感じのお祝いとなってしまう織原姉妹。

「……え？　あれ？　でもお姉ちゃん……三ヶ月って……」

なにかに気づいたように言う織原さん。

「お姉ちゃん……た、確か妊娠って、生理の始まった日から数えるんだよね？」

「……え、ええ、そうね」

「じゃあ三ヶ月っていうと……その、さ、授《さず》かった日は……茂さんと出会ったタイミングぐらいなんじゃ……」

「……そう、なってしまうわね」

気まずそうに顔を逸らす妃さん。

しかしそれから、ガバッと顔を上げ、

「ち、違うのよ桃田くん！」

と俺の方を向いた。

必死の形相で、訴えかけるように叫ぶ。

「茂さんはちゃんと避妊しようとしてくれたのよ！　あなたのお父さんは、出会ったその日にダイレクトでしちゃうような無責任な男じゃないわ！」

「………」

「ただ、その、ね……？　わ、私の方から……ちょっと強引《ごういん》に……な、なんていうか……思いっきりノーガード戦法しちゃったっていうか」

「………」

「このチャンスを逃してなるものかと、全力で激しく求めてしまって……。ゴリゴリの危険日だったんだけど、大丈夫な日って嘘ついちゃって……」

「………」

俺はもはや、なにをどう言ったらいいのかわからなかった。

思考も感情も飽和しまくりで完全な迷子。フリーズとオーバーヒートを同時に起こして無の境地に至ってしまったような心境。

桃田薫《かおる》。

もうすぐ、16歳。

この年になって新しいお母さんができそうで、でもその相手は彼女の姉というとんでもない展開で――

そして新たに、弟か妹ができそうだった。

第二章　お姫様は喧嘩します。

妃《きさき》さんが悪阻《つわり》でちょっと気分が悪くなってしまったため、結局、話し合いはグダグダなまま終わってしまった。

お腹《なか》の子供は順調に育っているらしい。

悪阻の方もピークは過ぎたようで、だいぶマシになっているそうだった。

喜ばしいこと、なのだろう。

父親に再婚しそうな相手が現われ、そして子供まで授《さず》かっている。

俺《おれ》にとっては、間違いなくめでたいことだろう。

本来なら歓喜に打ち震え、大いに浮かれて勝手に弟か妹の名前を考え出すのが普通なのかもしれない。

あるいは逆に——思春期らしい反発をして、新しい家族に対する抵抗を示たりすべきなのかもしれない。

だけど。

様々な事情のせいで俺は素直に喜べず、そして反抗もできずにいる。

つーか……いろいろ急展開すぎて全く話について行けない。

なんで？

なにがどうなったら、こうなるの？

とにもかくにも。

もはや俺一人で抱え込んでいるのは限界に近かった。

だから縋《すが》るような気持ちで――俺は姉貴へと助けを求めた。

「……マジか、薫《かおる》？」

帰宅した後。

まだ家にいた姉貴を俺の部屋に呼び出して、二人きりで話をした。

全ての裏事情を伝え終えると、姉貴は驚愕《きょうがく》を露《あら》わにした。

ドン引きするような驚き方だった。

「お、お前って奴《やつ》は……どんな数奇な運命を歩んでるんだよ？　一回り年上の女と付き合い出したと思ったら、その姉が自分の親父の再婚相手になるって……。前世でなにをやらかしたんだ？」

「……ほっといてくれ」

反論する元気もなかった。

ほんと、前世でなにかやらかしたのかな、俺？

今年の春ぐらいまでは、どこにでもいるようなごく普通の高校生として平々凡々と生きていた気がするんだけどなあ。

「う～わ～、マジかよ……？　妃さんが、織原《おりはら》さんの姉だったなんて」

姉貴は天を仰いで嘆くように言う。

「まあ似てるもんなあ。名字も一緒だし、もしかしたら親戚《しんせき》だったりするのかとは思ってたけど……まさか実の姉とはなあ。ほんと……なにやってんだよ、うちの男共は？　なんだ、この変な気持ち悪さは……？」

うんざりしたように言った後、視線を俺へと戻す。

「薫。じゃあお前、食事会の後に出かけたのは……」

「……ああ。織原さん家に行ってた。妃さんに呼び出されて……」

「あちゃー……。そりゃそうなるよなあ。妃さんからしたら凄《すさ》まじい衝撃だっただろうし。まさか妹の彼氏が出てくるとは夢にも思わなかっただろうよ。それで……なんて言われたんだ？」

「……今すぐ別れろってさ」

「だろうな」

姉貴は神妙な声で呟《つぶや》き、重々しく頷《うなず》いた。

「あたしんときとは、話がまた変わるだろう。あたしみたいに心が広くて物わかりのいい姉ちゃんはそうそういないだろうからな」

「………」

「というのは冗談として」

冗談だったらしい。

いらない冗談だぜ。

一瞬本気かと思って結構イラッとした。

「織原さんの方の家族が反対すんのは当たり前の話だ。だって万が一なんかあった場合——痛い目見るのは成人してる織原さんの方なんだからな」

打って変わって、真剣な声音で告げる。

「つーかまあ、バレるバレないは別にしても、27歳の妹が高校生と付き合ってたらそりゃ止めるだろうよ。ましてお前は……妃さんにとっちゃ、これから息子になるかもしれない相手なわけだし」

「…………」

「……言ってて思ったけど、笑えるぐらい複雑な状況だな」

「……もはや笑えないんだよ」

血縁関係と姻族関係がこんがらがっている。

相関図や家系図作ったら、かなり面倒なことになりそう。

「てか……『かもしれない』どころかかなり濃厚っぽいんだよな。父さんと妃さん、結婚するのはほぼ確定みたいな感じだし」

溜息交《ためいき》じりに言う。

「知ってるか？　妃さん……お腹の中には父さんの子供がいるらしい」

「ああ……さっき、織原さん家で妃さんから聞いた」

「そうか……私は、お前が出てってから父さんに言われたよ。『弟か妹ができるかもしれないぞ』って……なんか、ちょっとドヤ顔で」

「………」

「嬉《うれ》しいことなんだろうけど、喜ばしいことなんだろうけど……なんか、キッツいなあ」

姉貴は本当にキツそうな顔だった。

「自分の父親が、まさか『できちゃった婚』するなんて」

「……今は『授かり婚』っていうらしいぜ」

「いやいや、なんか『授かり婚』が思ったより浸透しなくて、結局またみんな『できちゃった婚』って普通に言ってる感じがあるぞ。悪いイメージのない普通の言葉として、『できちゃった婚』が使われてる気がする」

「そっか……うん、まあ、どっちでもいいよ」

「……ああ、どっちにしろキツいことには変わりない。……マジ、なにやってんだよ、父さん。いい年なんだからその辺はちゃんとしろよ。性欲に負けてんじゃねえよ……」

娘として思うところがあるのか、複雑そうな様子だった。

いろいろと裏事情を知ってしまった俺は、ここは同じ男として必死に抗弁すべきだったのかもしれない。

『いや、違うんだよ姉ちゃん。むしろ妃さんの方から積極的にノーガード戦法を取ってきたんだよ。親父はどっちかと言えば被害者なんだ』――とか。

親父の名誉のために弁明すべきだったのかもしれないが……今はもう、フォローする元気もなかった。

いやー、こんがらがってるなあ。

ありとあらゆる事情がこんがらがって、雁字搦《がんじがら》めだなあ。

「……子は鎹《かすがい》ってわけじゃねえけど、もうあの二人が結婚するのは確定事項だろう。つーか……結婚しなかったらあたしが父さんを許さねえ。女を孕《はら》ませたんなら責任は取ってもらわねえとな」

呆《あき》れ口調だが、どこか決意を固めたように姉貴は言う。

「つーわけで、薫。悪いけど私は――お前と織原さんの味方はできない」

「……え？」

「まあ積極的に敵対するつもりもないけどな。でも――お前達を守るために動く気はない。今回の件であたしが一番優先するのは親父と妃さんの関係……もっと言えば、妃さんのお腹の中にいるうちの新しい家族のことだ」

「…………」

「親父と妃さんが上手《うま》くいってなきゃ——桃田《ももた》家がどうにか安定してなきゃ、産まれてくる子がかわいそうだ。だからあたしは、その子の未来とうちの平穏を最優先で考える。だから……悪いけど、お前達のことを優先はできない」

「……そうか」

腹を決めたような言葉に、俺は深く頷いた。

「そうだよな……うん、わかった。姉ちゃんはそうすべきだよ」

姉貴の宣言は——いっそ清々《すがすが》しかった。

本当はどこか、期待するような気持ちはあった。

事情を知った上で俺達のことを応援してくれる姉貴が、味方になってくれたら心強いと思っていた。

でも——結局それは、甘えでしかなかったのだろう。

姉貴の言ってることは正しい。

むしろ——誇らしく思う。

こんなときにも全くブレずに、家のことを最優先で考えてくれる姉貴を、弟として素直に尊敬する。

きっぱりと宣言してもらえたおかげで、目が覚めた。

目が覚めたし――覚悟が決まった。

これは俺達カップルの問題だ。

俺達が向き合い、どうにかしなければならない問題――

「さすがは姉ちゃんだよ。こんな立派な長女がいるなら、うちもきっと安泰だな」

「けっ。てめえもせいぜい頑張れよ、薫。桃田家の長男としてな」

互いに笑い合う。

桃田家長女の叱咤《しった》は、桃田家長男へと確かに届いたのだった。

週が明けて、月曜日。

悩みの種は尽きないけれど、学生の身である俺は、平日になったら学校に向かわなければならない。

とは言え。

そんな綺麗《きれい》に頭を切り替えられるはずもなく、午前中の時間割は、家庭事情について悶々《もんもん》と悩んだまま終わってしまった。

「そういえば、モモのクラスはどうだったの？」

昼休み。

いつもの空き教室にて昼食を取っていると、カナが問うてきた。

「どうって……なにがだ？」

「なにがって、文化祭の出し物に決まってるじゃないか」

「ああ、それか」

俺達の通う高校――誠山《せいざん》高校では、十月に文化祭がある。

今は大体一ヶ月前。

各クラスや部活動で、そろそろ出し物について考え始める頃《ころ》だ。

今日は全学年、昼休み前の四限が、文化祭に関するホームルームに当てられた。

クラスごとの代表を決めて、出し物や役割分担について話し合ったりする時間だ。

うちのクラスでも話し合いが行われたが……俺はこれと言って発言をすることもなく、みんなが手を上げそうな無難な選択肢に合わせて挙手をして、全く目立たないままホームルームを終えた。

元からクラス行事に積極的に参加するタイプでもないし――なにより今は他《ほか》のことで頭がいっぱいだった。

「うちは多数決で焼きそばになったな」

「ふーん、無難だね」

「なんかうちのクラス、割と大人《おとな》しい奴が多くてさ。文化祭みたいなイベントに乗り気な奴が少なかったんだよ。クラス代表も……すげえ決めるのに時間かかったし」

「あはは。まあ僕らまだ一年生だしね。先輩達と違って勝手もわかってないし、消極的になるのは仕方がないよ。うちのクラスも代表は押し付け合いで……最終的には僕がやることになった。なんか断れる空気じゃなくてさ」

「……そりゃ大変だな」

文化祭のクラス代表とは、読んで字の如《ごと》くクラスの代表だ。

生徒会や文化祭実行委員会と連絡を取り合い、様々な話し合いに出席して、クラスの出し物を成功させるべく尽力しなければならない。

これから一ヶ月、そこそこ忙しくなる上に、文化祭実行委員会ほど内申にプラスはないという、『やりがい』以外はなにもない代表職だ。

ぶっちゃけ……やりたくない奴の方が多いだろう。

やるとなったらクラスの中心人物でなきゃ務まらない。

だとすればまあ、カナに白羽の矢が立つのはある意味必然だろう。

コミュ力の高いイケメン。

陽キャの中の陽キャ。

ついでに帰宅部。

そりゃクラスの誰もがカナにやって欲しいと願うだろう。

「まあ、やるからには一生懸命頑張るよ。うちの出し物はパンケーキでさ。やり方次第で結構楽しそうだと思うんだよねえ。上手くＳＮＳ映えするものを作れれば、女子が大勢やってきて、それに釣られて男子も誘い込めそうだし」

「ふーん。そうか。頑張れよ」

「……どうでもよさそうだね、モモ」

苦笑気味に言うカナ。

「ん……正直、文化祭どころじゃねえって感じだ」

「あはは……まあ、気持ちはわかるけどね。いや……わからないかな。彼女の姉が義母《はは》になる人間の気持ちは……ちょっと想像つかないよ」

困ったように笑い、肩を竦《すく》める仕草《しぐさ》をする。

「ほんと、どういう星の下に生まれてきたんだろうね、モモは。前世でなにをやらかしたんだい？」

「……姉ちゃんにも同じようなこと言われたよ」

妃さんとの騒動について、カナとウラには昨日、グループラインで報告していた。

報告というよりは相談で、相談というよりは単なる愚痴《ぐち》みたいなノリで。

「僕としては大親友のきみの味方をしたいところなんだけれど……正直、どう味方したらいいのかさっぱり検討もつかないよ」

どこか遠い目をして、カナは溜息混じりに言う。

「やれやれ。僕はモモに彼女ができたら、先輩風吹かせて楽しくアドバイスしまくってやろうと思ってたんだけどなあ。それなのに……次から次へと高校生には荷が重いイベントばっかり持ってきちゃってさ」

「………」

「なかなかいないと思うよ、モモみたいな恋愛してる高校生」

「だろうな」

皮肉めいた台詞《せりふ》に、苦笑しながら返す。

本当に——我ながらすごい状態になっていると思う。

ほんの数ヶ月前までは、年齢＝彼女いない歴の、どこにでもいるような地味な男子高校生だったというのに。

「そういえば……ウラはどうしたんだ？」

「ああ、なんか話し合いが長引いてるみたいだったよ。でもさすがにそろそろ——」

「——ふざけんじゃねえぞ、あのクソ女ぁ！」

噂《うわさ》をすれば影というのか。

突如として空き教室に姿を現わした浦野《うらの》が、割れんばかりの声で絶叫した。

童顔に浮かぶのは激しい怒りと、それ以上の悲しみや不安。

「う、うう……ふざけんなぁ、ふざけんなよぉ……なんで、なんで僕がこんな理不尽な目に遭わなきゃならないんだよぉ……！」

憤慨と悲哀が混じった複雑な表情をしながら、とぼとぼと俺達の方に歩いてくる。

「ど、どうしたんだよ、ウラ？」

俺が慌《あわ》てて問いかけると涙混じりの声で、

「……文化祭の、クラス代表にさせられた……！」

ボソッと、そう言った。

「なん、だと……⁉」

衝撃のあまり声が震えてしまう。

「クラス代表？　お、お前がか……？」

「そうだよ……」

「ど、どうして、そんな悲劇が起こったんだ……？」

陰キャの中の陰キャ。

文化祭のような学校行事なんて斜に構えて見下すのが常。

そんなこいつが、よりにもよってクラスの代表に選ばれただと？

「全部、全部あの女のせいだ……！」

目に涙を浮べた憤怒の顔で訴えるウラ。

「……僕はいつも通り空気になってやり過ごすつもりだったんだよ。くだらねえ学校行事に盛り上がる陽キャ共は心底バカだと思うが、僕もいちいち目くじら立てるほどガキじゃねえからな。付き合ってやらなきゃかわいそうだし、割り振られた仕事ぐらいは寛大な態度で受け入れてやろうと思ってた……」

おそらく日本中の地味な学生がやっているだろう、

『やれって言われたことをやる』

という文化祭での常套《じょうとう》手段を、一生懸命に上から目線で語るウラだった。

「それなのに……あの女が……？」

「あの女って、指宿《いぶすき》か？」

「そうだ！　あのクソ女だ！」

やはり原因は指宿だったらしい。

最近ウラが言及する女子なんて、大体が指宿咲《さき》だ。

「最初は……あいつがクラスの代表に選ばれたんだよ。そしてもう一人、男子の代表を決めるってなったとき……あの女は僕の方を向いて『浦野、一緒にやりましょうよ。どうせあんた暇でしょ？』って……すげえ軽いノリで、自分がどれだけの重罪を犯しているのか、まるでわかっていないような脳天気な顔で……！」

「あー……そういう流れか」

「咲ちゃんはまあ、クラス代表には適任だろうね。友達多いし、明るくてリーダーシップもあるし」

補足するように言うカナ。

ウラは頭を抱えてしまう。

「……ふざけんなよ、あのクソ女。どういう頭してやがんだよ。うう……僕が指名された瞬間のクラスの連中の態度……『え？　なんでこいつ？』『つーか誰？』『あんなのうちのクラスにいたっけ？』と言わんばかりの目……なんで僕がこんな恥辱を受けなきゃなんないんだよ……!?」

愚痴が止まらないウラ。

その心境は察するに余りある。

指宿としては悪気もなにもなかったんだろうけど、ウラからしたら晒《さら》し者にされたような気分だったのだろう。

まあ、『あんなのうちのクラスにいたっけ？』と言わんばかりの態度に見えてしまったのは……さすがにウラの被害妄想だと思うけど。

「しかもうちのクラスの出し物……『メイド喫茶』だぞ？」

メイド喫茶か。

うちのクラスでも候補に挙がってたな。

まあ、絶対どっかしらのクラスがやると思ってた。

「……文化祭でクソ陽キャ共がやる愚の骨頂『メイド喫茶』……普段はオタク文化を見下してるくせに、こういうイベントごとになると急に手のひら返したようにすり寄ってきやがって……。雑なコスプレして『うわー、キモオタってこういうので興奮すんだよな。萌《も》え萌《も》えキュン？　とか？』って雑にオタクを見下すに決まってるんだ……」

「ま、まあ、でもある意味よかったじゃねえか。『メイド喫茶』なら、お前もちょっとは活躍できそうだろ？　指宿も、その辺期待してお前を任命したんだろうし」

「だからだよ！　そこが一番ムカつくんだよ！」

絶叫するウラ。

「『あんたオタクだからメイドとか詳しいでしょ？』……じゃねえよ！　オタクがみんなメイド好きだと思ってんじゃねえよ！　行ったことねえよ、メイド喫茶なんて！　僕はそっち系のオタクじゃねえんだよ！」

浦野泉《いずみ》。

自他共に認める陰キャで、自他共に認めるオタク。

しかしそのオタク愛は、いわゆる萌え文化ではなく、ゲームやフィギュア、ロボットアニメなど、そっち方面へと向いている。

萌え文化が嫌いなわけではないが、そこまで詳しいわけではない。

「だ、だけど……その辺の一般人よりは詳しいだろ？　いつだかメイド服の歴史とか熱く語ってたじゃねえか」

「……その中途半端《はんぱ》に知ってしまっている知識が僕を苦しめるんだよ。人前で半端な知識なんて絶対に披露したくない……やるなら単なるコスプレ喫茶じゃなくて、メイドという歴史的文化を掘り下げるようなものを徹底してやりたい……でも徹底してやってクラスの連中から『あいつ、うざくね？　なに急に張りきっちゃってんの？』と思われるのが怖い……」

……な、難儀な性格をしているなあ。

「まあまあ、落ち着きなよ、ウラ」

カナが優しく声をかける。

「僕もクラス代表になったからさ」

「ほ、ほんとか⁉」

「集まりとかがあったら、僕がフォローしてあげるから」

「頼むぞ！　代表の集まりとかあったら絶対に僕を孤立させるなよ！　必ず僕の隣に座れよ！　僕以外の奴とはしゃべるなよ！」

「……そ、そこまでの約束はできないかな」

全力で頼ってくるウラに、引き気味の表情となるカナだった。

そのとき、である。

「あーっ、やっと見つけたわよ、浦野！」

指宿が姿を現わした。

ウラを見つけると、空き教室の中にずんずん入ってくる。

「まったく……昼休みになったら、文化祭のこと、いろいろ話し合う約束だったでしょ？　なんで逃げるのよ？」

「に、逃げてねえよ！　約束だってお前が一方的に命令しただけじゃねえか！」

「いいから早く来なさいって」

「な……なんでだよ、飯はどうすんだよ？」

「食べながら話し合えばいいでしょ？」

「はあ……？　な、なんで僕が、お前と二人っきりで飯を……」

「……なに変に意識しちゃってるのよ？」

「い、意識なんかしてねえし！」

「あー、もう、本当に面倒臭いわね、あんたって奴は」

心底鬱陶《うっとう》しそうに言うと、指宿はウラの手を摑《つか》んで引っ張っていった。

「ほら、行くわよ」

「は、はなせぇ～～っ！　くそぉっ……！　カナっ！　ちゃんと僕のことフォローしろよ！　モモもだぞ！　これから文化祭までの間、できる限り僕のメンタルを支えるようにしろよな！

僕が不登校になったらお前らのせいだからな！」

泣き言のような絶叫を上げながら、ウラは指宿に連れて行かれた。

「……大変そうだな」

「でも楽しそうだよね」

同情してしまう俺とは反対に、カナは意味ありげな台詞を吐いた。

「楽しそう？」

「口ではいつも通りの悪態ついてたけど、なんだかんだウラも楽しんでるんじゃないかな。クラス代表に選ばれたことで、合法的に咲ちゃんと二人きりになれる口実を得たわけだしね」

「あー……」

そういや、そんな話だったな。

ウラと指宿はいい感じだと、以前カナは言っていた。

確か二人で――いや、指宿の弟と合わせて三人で夏祭りに行ってたりもしたんだよな。

俺としても気になるところだけれど……でもなあ。

ウラには確認しようがないからなあ。

こっちから聞いたところで、性格的に絶対本心なんて言わないだろうし。

「咲ちゃんも咲ちゃんで、自分の相方に指名するぐらいだから、ウラのことは憎からず思ってるはずなんだよなあ。それが恋心なのか友愛なのかはまだわからないけど……ふふ。楽しい文化祭になりそうだよ」

「……だといいけどな」

「だから――モモもちゃんと楽しみなよ」

カナは言った。

まっすぐ、俺の目を見つめて。

「結構年上の彼女さんがいて、いろいろと特殊すぎる状況で揉《も》めて……背伸びしてでも大人にならなきゃいけないのはわかるけどさ……でも、だからって学生生活を蔑《ないがし》ろにされるのは、ちょっと寂《さび》しいね」

「…………」

「織原さんとのアダルトな恋愛もいいけど、僕らとの子供っぽい青春も大事にして欲しいな」

「カナ……」

釘《くぎ》を刺すような言葉に、心が少し痛んだ。

カナの言う通りだ。

確かに最近の俺は、織原さんを優先する余り、他の全てを蔑ろにしていたかもしれない。今回の一件の打開策を考えた結果――『高校を辞めて働く』ということも一つの選択肢として真剣に検討していたぐらいだ。

未成年という問題はどうにもならなくても、学生という立場ならばどうにかできる。

高校を辞めてどこかで働けば、俺も一人の社会人になれる。

そんな選択も、なくはないと思っていた。

もちろん――検討の末に自分で却下したけど。

俺が高校を辞めることなんて、きっと誰も望んじゃいないのだろう。織原さんはもちろん、俺の家族も友人も、そんなことは望んでいない。

俺が『子供』を完全に放棄することでは、たぶん誰も幸せになれない。

所詮《しょせん》今の俺はどこまでも子供で、今はまだ子供であり続けなければならない。

俺が子供らしい青春を謳歌《おうか》することを、みんなが求めている。

それはきっと、とても幸せなことなのだろう。

これ以上ないぐらいに恵まれたことなのだろう。

わかってる。

わかってる――でも。

それでも、俺は――

「……わかってるよ。俺にだって、学生らしい青春を謳歌したい気持ちはある」

俺は言った。

自分に言い聞かせるように言った。

わかってる。わかってる。

今の俺は、子供であるべきだ。

大人達の庇護《ひご》下で、恵まれた環境で、子供らしい青春を謳歌するべきなのだ。

「でもな」

俺は言う。

「今の俺にとってはもう――織原さんのいない青春なんて、ありえないんだ」

どんなに考えても、そこだけは揺るがなかった。

俺の青春は、彼女がいて初めて意味を成す。

心からそう思える。

こんな風に思ってしまうことは、まさしく恋の盲目さが為《な》せる技なのかもしれないけれど
――でも、それでも、俺はその盲目さを受け入れたかった。

「……そう言うと思った」

カナは呆れたように笑った。


学校を終えて帰宅し、その日の夜。

今日は姉貴がゼミの飲み会でいないため、親父と二人きりの夕食だった。

メニューは――俺が適当に買ってきたコンビニ弁当。

俺も親父も料理ができないわけではないけれど、家族三人揃《そろ》ってないときは、買ってきた弁当で簡単に済ますことが多い。

「薫。ちょっといいか」

焼き肉弁当を半分ぐらい食べ終わったところで、親父が神妙な顔をして話を切り出してきた。

「実は……妃さんのことなんだが」

「ああ、うん……」

「今週末、うちにご飯を作りに来てくれることになったんだ」

「…………」

「もしかしたら……そのまま泊まっていくかもしれない」

「…………」

言葉に詰まってしまう。

たぶん、相当ネガティブな顔をしてしまったことだろう。

さんざん揉めてしまった手前、今は妃さんと顔を合わせることは気まずかった。

飯だけでもキツいのに、それが泊まりって。

どんな顔して寝食を共にすればいいんだ、俺……?

しかし事情を知らない親父は、『思春期の息子が、親父が連れてきた新しい母親に抵抗を示している』とでも思ったのか、

「も、もちろん、お前達が嫌なら断る。無理はしなくていいぞ。俺が一番優先したいのは、お前と楓《かえで》の二人だ。なにか言いたいことがあるなら遠慮なく言ってくれ」

と、少し焦《あせ》ったように付け足した。

「いや……だ、大丈夫だよ。ちょっと驚いただけだから」

俺は言った。

そう言うしかなかった。

言いたいことなんて――隠していることなんて、言えるはずもないのだから。

「そうか、よかった」

親父は心底安堵《あんど》したように息を吐く。

「妃さんにも、少しずつこの家に馴染《なじ》んでいって欲しいからな。これから先のことを考えるなら、なるべく早い方が――」

「親父」

俺は問う。

意を決して、確認する意味で問いかける。

「親父は妃さんと……再婚するつもりなんだよな？」

「……ああ」

親父は少し恥ずかしそうに、しかし真面目《まじめ》な顔で頷いた。

それから言いにくそうに、

「実はな、楓にはもう伝えたんだが……その、なんていうか……妃さんのお腹にはもう、俺達の子供がいてな……」

と続けた。

「へ、へえ、そうなんだ。そりゃめでたいなっ」

まるで初耳のようなリアクションを試みる。

本当はもう知ってるけど。

よりにもよって、妃さん本人から聞いてるけど。

「一応言っておくが……できちゃったから結婚するというわけじゃないぞ？　俺と妃さんは真剣に交際して、お互いの将来をちゃんと考えた上で子供を作るという決断をしたんだ。報告は少し前後してしまったが、順番を間違えたわけじゃない。決して順番を間違えたわけじゃない」

「そ、そうなんだー」

うわあ……。

嘘《うそ》をついている。

親父が嘘をついている。

息子の前で見栄を張っている。

本当は出会ったその日に、『今日は大丈夫な日なの』と言ってノーガード戦法を駆使してきた妃さんの誘惑に屈してしまっただけなのに……。

キツいなあ……。

こんな嘘には気づきたくなかったなあ。

騙《だま》されたままでいたかったなあ。

「子供は今、三ヶ月ぐらいでな。生まれるのはまだ少し先の話だが……その頃までには、どうにか妃さんとの生活を落ち着かせたいと考えている」

「そう……だよな。子供が生まれてからバタバタしたら、大変だろうし。ってことはやっぱり……妃さんは、いずれはこの家に住むってことだよな」

「そうしたいと思ってる」

頷く親父。

当然の流れと言えば、当然の流れなんだろう。

結婚して、子供も生まれる。

となれば夫婦が一緒に住むのはごくごく普通のことだ。

「妃さんも、うちに住むことは賛成してくれている。今は実家暮らしで、仕事は飲食店のバイトだけだそうだ。こっちの都合さえよければ、いつでも仕事を辞めて引っ越して来たいと言ってくれている」

飲食店……？

妃さんは地元のスナックで働いてたはずじゃ――ああ。

これも大人の嘘か。

妃さんが親父に『スナックのバイト』を『飲食店のバイト』と嘘をついているのか、あるいは親父は全部知っているけれど、息子の俺には隠しておきたいと思ったのか。

はあ……なんか、やだなあ。

裏事情知ってるせいで、嘘や誤魔化《ごまか》しが全部わかってしまう。

なにも知らないまま騙されていたいんだけどなあ。

「今週末は一泊だけのつもりだが……来月か、遅くても再来月ぐらいまでには、この家で一緒に暮らせるようにしたい」

来月か、再来月。

予想以上に急な話だったが――七ヶ月後に子供が生まれることを考えるならば、遅いぐらいなのかもしれない。

産前産後は里帰りするのかもしれないけれど、その後はこの家で子供を育てていくことになるのだろう。

前の旦那さんとの間には子供はいなかったと言ってたから、妃さんにとっては初めての出産と育児になるはず。

ただでさえ不安や心配も多いだろうに、それなのに生活環境まで大きく変わるとなれば、母子にどんな影響があるかわかったものじゃない。

妃さんのことを思うのであれば、一日でも早くこの家に慣れておいた方がいいと思う。

現時点では彼女にとってアウェイでしかないこの家を、少しでも早くホームと感じられるようにしてあげたい――そんな親父の気持ちは痛いほどわかるし、姉貴もきっと同じように考えているだろう。

しかし。

俺も本当ならば、妃さん中心に物事を考えるべきなのかもしれないが――

今の俺には、他にも大切にしなければならない女性がいる。

新しい母親と、新しい弟か妹――そんな新しい家族達とは別の次元で、大事にしなければならない相手がいる。

来月か、再来月。

妃さんと同居が始まる前に、俺と織原さんのことはなんとかしておいた方がいいだろう。

今みたいに険悪な状況で同居が始まるのは気まずすぎる。

なにより……妊娠中の妃さんの体にも悪そうだ。

完全に俺達がストレス源になってる気がするし、早いところなんとかしなければ――

「どうした、薫?」

「え、あ、いや……き、妃さんも大変だろうなと思って、慣れない土地に一人で越してくるわけだからさ」

「そうだな。でも、この辺に遊びに来ることも多いそうだ。なんでも、彼女の妹さんがこの辺りの会社で働いているらしくてな。昔から仲がいいみたいで、今でも家に泊まったりしてるみたいだ」

「へ、へえっ、そうなんだっ」

知ってる。

なんなら住所を知ってる。

俺も何回も遊びに行ってる。

「き、妃さんの妹かー、どど、どんな人なんだろうなあー」

「妃さんとは違って、内気で大人しい人だと言っていたな。休みの日は、一日中家でゲームをして過ごすタイプらしい」

知ってる。

なんなら好きなゲームの種類も知ってる。

ゲーム好きな割に反射神経問われる系のゲームが苦手な超絶エンジョイ勢で、オンラインで知らない人と一緒にプレイするのは嫌いなタイプなのも知ってる。

最近、ずっと食わず嫌いしていた『ゲーム実況動画』を見始めたら、思いのほか面白《おもしろ》くてハマってることも知っている。

「ああ、そういえば最近、妹さんに彼氏ができたとも言っていた」

「へ、へえっ！　そそ、そうなんだ！」

「大手IT企業に勤めるエリートらしい。妹がいい人と出会えてよかったって、嬉しそうに語ってたな」

「……そ、そっかー」

胃がキリキリと痛んできた。

罪悪感なのか緊張感なのかはわからないけれど、とにかく漠然とした危機感みたいなものが激しく胃を攻撃してきていた。

「なんでも、パソコニングに携わってるらしいぞ。知ってるか、薫？　パソコニングっていうのは、コンピュータの中枢を担う重要なプログラムに関係する仕事なんだぞ？」

「…………」

で、伝播《でんぱ》している……！

織原さんがついた些細《ささい》な嘘がどんどん伝播している。

謎《なぞ》の造語『パソコニング』がコンピュータに詳しくない世代に広まりまくって、みんな疑うことなく信じている。

なんだかとても恥ずかしい状態になっちゃってる！

うわあ……なんだこの、いたたまれない気持ち……？

間違った情報でドヤってしまっている自分の親父がキツい。
ていうかもう……全体的にキツい。
ダメだ。
これはもう、本当にどうにかしなきゃダメだ。
なあなあで誤魔化せる問題じゃない。
一刻も早く、解決しなければ――
「……ん？」
と。
危機感に囚われる俺のポケットで、スマホが震えた。
見れば――織原さんからのラインだった。
『今から出てこられる？』
急な誘いだった。
酷《ひど》く端的な文章で、素っ気なさ以上に緊急性を感じ取ってしまう。
慌てて『大丈夫ですけど、なにかあったんですか？』と返す。
すると、予想外の返答が来た。
『お姉ちゃんと喧嘩《けんか》して、家を飛び出してきた』

さすがは成人した社会人、というべきなのか。

『飛び出してきた』と言っても、感情任せに着の身着のまま飛び出してきたわけではなく、財布や化粧品など最低限の所持品は持って飛び出してきたらしい。

しかも――マイカーで。

喧嘩で家を飛び出すときに車を走らせる辺り、地方都市の社会人らしさがよく出ていると思った。

「ていうか……織原さんの家なのに織原さんの方が出てくんですね」

「そうなの！　おかしいよね⁉　なんで私の家なのに、私の方が出てかなきゃいけないの⁉」

「いやでも……織原さん、自主的に出てきたんじゃ」

「そ、それはそうなんだけど……でも、お姉ちゃんも悪いんだよ！『そんなに私の言うことが聞けないなら、今すぐ出ていきなさい！』とまるでここが自分の家みたいなテンションで言ってくるから……」

「…………」

「私もついカッとなって、『わかったよ！　こんな家、二度と帰ってくるもんか！』みたいなノリになっちゃって……私の家なのに……私が家賃払ってるのに……」

釈然としない様子の織原さんだった。

彼女の愛車――日産キューブの車内である。

ラインのやり取りの後、俺達はいつもの駐車場が広いコンビニで待ち合わせた。

運転席の織原さんはそこまで落ち込んだ様子ではなかったけれど――

でも、目元には涙の後があった。

「喧嘩って……やっぱり」

「……うん。桃田くんとのこと」

呻《うめ》くように答えた後、織原さんは言いにくそうに続ける。

「今週末……お姉ちゃんが桃田くん家《ち》でご飯作る予定なんでしょ？」

「そんな話らしいですね」

「だからお姉ちゃんから、料理を教えてって頼まれてさ。お姉ちゃんも作れないわけじゃないんだけど、私の方がちょっと上手だから。お姉ちゃんは最近、実家暮らしに甘えて全然作ってなかったみたいだし……」

でも、と織原さんは言う。

「たぶん――口実でもあったんだろうね」

「口実……」

「私の家に来る、口実……私と二人で、今後のことを話し合うための」

「……………」

「私もなんとなく察して、いい機会だからお姉ちゃんと二人で話し合おうと思ったの。ちゃんと落ち着いて話せば、きっとわかってもらえると思ったから」

姉の意図を汲《く》み、織原さんは話し合いの席を設けた。

話せばわかってもらえると思ったから。

でも。

おそらくは——妃さんも同じ考えだったのだろう。

だからこそ、話し合いの場を設けようと思った。

話せばわかってもらえる。

話せば——私の言い分が正しいと相手にわかってもらえる。

お互いに、そう考えていたに違いない。

「料理が終わった後に、お姉ちゃんから話を切り出してきて……最初は冷静に話してるつもりだったんだけど、二人とも段々と感情的になっちゃって……最後は喧嘩みたいになっちゃった……」

辛《つら》そうな顔をされ、胸が痛くなる。

議論の紛糾《ふんきゅう》は——当たり前だったのかもしれない。

お互いに『話せばわかってもらえる』と考えている議論。

二人は姉妹で、信頼し合っているからこそ——本当は味方になって欲しいと考えているからこそ、わかってもらえないことに苛立《いらだ》ち、対立してしまう。

本当は喧嘩なんかしたくないという感情が、逆に喧嘩を誘発させてしまっているのかもしれない。

「結局お姉ちゃんは……『桃田くんとは別れなさい』って意見だった。私がどれだけ話しても、全然わかってもらえなかった……」

織原さんは、まるで死刑宣告のように言った。

妃さんの意思は固いらしい。

当然だ。

常識的に考えれば、正しいのは圧倒的に妃さんの方なのだから。

「お姉ちゃん……結構怒っててさ。『私が言ってわからないなら、お父さんとお母さんの口から言ってもらう』って言い出して……」

「……っ」

それは——ある意味では必然の流れなのかもしれない。

妃さんとしても事は荒立てたくないような気持ちはあるのかもしれないけれど、説得が不可能ならば両親に話が行くのも当然だ。

27歳になった娘が高校生と付き合ってるなんて、両親からしたら許せることじゃないだろう。

「そのまま喧嘩になって飛び出してきちゃったから……どうなってるかはわからない。も、もしかしたら……お姉ちゃん、もうお父さんとお母さんに私達のこと報告してるかも……」

「だ、大丈夫ですよっ。妃さんも、売り言葉に買い言葉で言っただけだと思いますから。そんな急に、両親に連絡は……」

俺の言葉は、自分でも嫌になるくらい薄っぺらかった。

なんの確証もない『大丈夫』。

そんなことしか言えない自分が、本当にもどかしい。

「ごめんね、桃田くん、私のせいで」

「いえ……元はといえば俺のせいですから……俺が、未成年だから」

「ううん、桃田くんはなにも悪くないよ！」

つい弱音を吐いてしまった俺に、織原さんは強く言った。

「えと……今思い切り私から謝っちゃったけど、もう年の差のことでお互いに謝るのはやめよう。どっちが悪いってことじゃないんだから」

「……そうですね。わかりました」

織原さんの言う通りだ。

被害者ぶって謝罪に逃げるのは簡単だ。

でも、それじゃなにも解決しない。

俺は悪くないし、織原さんだって悪くない。

そして――妃さんだって悪くない。

誰も悪くない世界で、俺達は戦っていかなければならないのだ。

「とりあえず、今日はどうしましょうか？」

「……家には帰りたくない。お姉ちゃんと顔合わせたら、また喧嘩になっちゃうだけだと思うし」

「でも泊まりってなると……織原さん、明日仕事ですよね？」

「うん……だから、朝方にこっそり帰るしかないよね。スーツ持ってきてないし」

「なるほど……。じゃあ漫画喫茶……は危ないから、どこかホテルにでも――」

そのとき。

運転席から手が伸びてきた。

織原さんが俺の服の袖《そで》を摑み、軽く引っ張るようにする。

顔を向けると――彼女はまっすぐ俺を見ていた。

不安に揺れる瞳《ひとみ》で、でもなにか覚悟を決めたような瞳で。

「桃田くん……今日、遅くなっても大丈夫？」

織原さんは言う。

緊張で少し上擦《うわず》った声で、しかし意を決したように――

「わ、私……二人っきりになれるところに行きたい」

思わず目を見開き、言葉を失ってしまう。

織原さんは顔を真《ま》っ赤《か》にして恥ずかしそうにしていたけれど、でも目を逸《そ》らすことなく俺をジッと見つめていた。

「それって……」

「……うん」

「そ、そういう意味、ですか……？」

「……うん」

二回同じように頷くと、織原さんは袖ではなく、俺の手を摑んできた。

まるで離れることを拒むかのように、指を絡《から》みつけて。

第三章　お姫様は愛のホテルに行きます。

地方都市のラブホテルというものは、往々にして駅近くの繁華街——もしくは、高速道路沿いにあるものだ。

車で向かう場合は、後者の方が圧倒的に都合がいいだろう。

繁華街は道が入り組んでいる上に人通りが多い。慣れない者が車で向かうのは、結構厳しいものがある。

その点高速道路沿いのホテルならば、駐車場がセットになっていることがほとんど。車に乗ったまま、人目につくことなく敷地内に入ることができる……はず。

まあ、当然経験があるわけでもないので、全部ネット情報なんだけど。

助手席の俺《おれ》が道案内をして、織原《おりはら》さんがインターチェンジ付近まで車を走らせる。入り口でちょっともたつきながらも、どうにかホテルの駐車場に入ることに成功した。

車から降りて、建物の中へ。

「私、こんなところ入るの初めて……」

「俺だって初めてですよ……」

「でも桃田《ももた》くん、場所知ってたよね……？」

「いやそれは、その……いろいろ予習してましたから」

「予習って」

「あと……中学のとき、好奇心からチャリを走らせて、この辺りのホテルの外観を見に来たことがあって……。だ、男子中学生というアホな生き物は、たまにそういう本当にアホなことしちゃうんです」

「へー……た、大変そうだね、男子中学生って」

「そうです、男子中学生は大変なんです。……あ。たぶんこれが、部屋を選ぶパネルですね……お、織原さん、どこがいいとかありますか？」

「え、えぇー……？　わ、わかんないよ……桃田くんが決めてっ」

「お、俺もわかんないんですよ……」

二人で挙動不審になりながらも、どうにか空いてる部屋を一つ選んだ。

スイッチを押すと、パネルの明かりが消える。

たぶんこれで部屋を選んだことになったのだろう。この後は……確か、受け付けで鍵《かぎ》を受け取ればいいはず。

いつだかネットで調べた知識を必死に呼び起こしながら、できる限り織原さんをリードするように試みる。

お互いの顔が見えないようになっている受け付けで、小窓から部屋の鍵を受け取る。

それからエレベーターを使い、自分達が選んだ部屋へと向かった。

「わー、これが……ラ、ラブホテルの部屋……」

部屋に入ると、織原さんは興奮と羞恥《しゅうち》が入り交じったような声を上げた。

「なんか思ったより普通だね……私こういうとこって、ベッドも壁紙も全部ピンクみたいなイメージがあった」

「そういうとこもあるらしいけど……ここは普通の部屋が多いらしいですね。比較的新しいから部屋も綺麗《きれい》で、女性人気も高いとか……」

「……本当に予習してたんだね、桃田くん」

「いや、その」

苦笑気味に言われ、恥ずかしくなってしまう。

ネットで事前にあちこちリサーチしていた俺だけれど、当然ながら中に入ったのはこれが初めてだ。

ベージュと黒でまとめられた、落ち着いた雰囲気の部屋だった。

織原さんの言う通り、パッと見は普通のホテルという感じだが……部屋の中央を陣取る大きなベッドや、玄関の壁にあった会計の機械が、ここが特殊なホテルであるということを強調してくる。

特殊な、特定の行為を推奨するためのホテルだということを――

「…………」

「…………」

持っていたバッグを下ろし、お互いの上着をハンガーにかけた後、俺達は言葉に詰まってしまった。

緊張感に満ちた沈黙が場を支配する。

あちこち見回したり、備え付けのコップやドライヤーを無意味に弄《いじ》ってみたりと、お互いにそわそわしてしまう。

「も、桃田くん」

沈黙を破ったのは、上擦《うわず》った声だった。

「それじゃ……わ、私、先にシャワー浴びてくるね」

「え、あ。は、はい」

織原さんは家から持ってきたバッグから化粧ポーチを取り出し、お風呂場《ふろば》の方へと消えていった。

一人残された俺は――緊張の糸が途切れたせいなのか、全身から力が抜けてしまう。

仰向《あおむ》けになってベッドに倒れ込み、大の字になって天井《てんじょう》を見上げた。

「……ど、どうすればいいんだ、これ……？」

状況に流されるようにしてここまで来てしまったが——どういう流れでこうなってしまったのか、未《いま》だにさっぱりわかっていない。

興奮よりも困惑と混乱が大きい。

正直……こんなことをしている場合じゃないと思うんだけど——

でも。

彼女から『二人きりになりたい』と誘われてしまったならば、俺に断るという選択肢はなかった。

付き合ったばかりの頃《ころ》——

織原さんの家に泊まることとなり、そういう雰囲気にはなりつつも結局グダグダで終わってしまったことはあったけれど——あの時とはまるで違う。

今日の織原さんは——はっきりと自分から誘ってきた。

緊張気味だったけれど、どこか覚悟を決めているように見えた。

だから、前回みたいに途中で向こうがギブアップしてしまうような流れはないと思う。

俺達は今日ここで、これから一線を越える——

「……っ」

改めて意識すると、緊張と興奮で頭がクラクラしてくる。

でも——やっぱりわからない。

織原さんの考えに、読めない部分がある。

どうしてこのタイミングで、彼女にしては珍しいぐらい積極的に誘ってきたのか。

妃《きさき》さんとの喧嘩《けんか》や、俺達の今後……迫り来る辛《つら》い現実から目を逸《そ》らしたくて、俺と二人で……その、なんていうか、幸福な営みをしようと考えたのか。

もしくは、過酷な現実のせいで少し自暴自棄になっているのか。

あるいは――

「まさか」

これが最後のつもりなんじゃ……！

最後に思い出作りをして、俺の前から去ろうとしているのかもしれない。

お互いの初めてだけを捧げ合って、それで俺達の関係を終わらせるつもりじゃ――

「…………」

いや。

さすがに悪い方に考えすぎか。

と。

そんな風に悶々《もんもん》と考えていたところで、浴室のドアが開く音がした。

「お、お待たせ」

織原さんが歩いてくる。

彼女の格好を見て――心臓が止まりそうになった。

アメニティの一つである、バスローブみたいなルームウェア――織原さんは、それ一枚だけを軽く羽織っていた。

どうしても目が行ってしまうのは、隠しても隠しきれない豊満な胸部。薄い布地を押し上げ、これでもかというほどに存在感を主張している。わずかに見える谷間はかなり深い。肌はほんのりと赤らみ、少しの汗が浮いていた。

ブラジャーをつけていないのは明らか。

おそらくは、下も――

湯上がりの彼女はあまりに扇情的《せんじょう》で、今しがたのネガティブな思考が全て吹き飛んでしまいそうになる。

困惑も混乱も、圧倒的な興奮だけが塗り潰《つぶ》してしまう――

「や、やだ……見すぎだよ、桃田くん」

「……あっ。す、すみません」

「もう……」

「えっと。じゃ、じゃあ俺、すぐに浴びてきます」

立ち上がって浴室へと向かう。

理性なんて、いつ失ってもおかしくなかった。

シャワーの後は、俺もルームウェアに着替えた。

長身の俺はこの手のフリーサイズのものを着用するといつも寸足らずになってしまうのが地味な悩みなのだが――今は気にする必要もないだろう。

このまま外に出るわけでもないし。

それに――どうせすぐに脱ぐことになるのだから。

「……織原さん」

二人並んでベッドに腰掛け、互いに見つめ合う。織原さんは顔を真《ま》っ赤《か》にして俯《うつむ》き、酷《ひど》く緊張した様子だった。俺もきっと似たようなものだろう。さっきからずっと、痛いぐらいに心臓が高鳴っている。

シーツの上を指を這《は》わせるようにして、恐る恐る手を伸ばす。

彼女の手と触れ合う。

体温を感じると同時に、指を絡《から》ませ合った。

俺達はもう何度も手を繋《つな》いでいて、いい加減この程度のスキンシップには慣れたつもりだったけれど――まるで、最初の頃に戻ったようだった。

手と手が、肌と肌が触れ合うだけで、信じられないぐらい体が熱くなってしまう。

「あの……ほ、本当に、いいんですよね？」

不安が、つい言葉になってしまう。

言った瞬間に激しく後悔した。

ダサい。

みっともない。

この期に及んで念押しの確認をするなんて……すげえ童貞っぽい。

ムードを壊したことを自己嫌悪する俺だったけれど、

「……うん、いいよ」

織原さんは気分を害した様子もなく、優しく頷《うなず》いてくれた。

それから少し自嘲《じちょう》気味に笑い、

「ごめんね、今まで待たせちゃって……」

と続けた。

「本当だったら……一番最初にうちに泊まりに来たときに、最後までしちゃってもおかしくなかったのに……それなのに、私が土壇場で怖《お》じ気《け》づいちゃって……」

「そんな……。俺は気にしてませんよ」

「でも——もう大丈夫だから」

織原さんは言った。

少し恥ずかしそうに、でも決意を固めたように。

「桃田くんとなら……大丈夫。ちゃんと最後まで……し、してみたい」

「織原さん……」

「……えと、あの。さ、最初に謝っとくけど……上手《うま》くできなかったらごめんね？　私も……その、予習みたいなこと、少しはしてるけど……は、初めてだから」

「それはこっちの台詞《せりふ》ですよ……。精一杯頑張りますけど、下手だったらすみません」

「う、うん……」

「………………」

段々と言葉は少なくなり、無言のまま視線だけが絡み合う時間が数秒続く。

そして、どちらからともなく――唇を重ねた。

最初は優しく、徐々に貪《むさぼ》るように。

段々と体を寄せていき、背中に手を回して抱きしめる。

一回り年上の彼女――でもこうして抱き締めると、腕の中にすっぽりと収まってしまうぐらいに小さくて、たまらなく愛《いと》おしくなる。

そのままゆっくりと、優しく――彼女をベッドに押し倒した。

「も、桃田くん……」

ベッドに横たわった織原さんが、緊張に潤む目で俺を見上げてくる。

でも怯《おび》えた様子はない。

それどころか——なにかを期待しているようですらある。

最愛の女性が、横たわったまま俺の動きを待っている——征服感にも似た興奮が、脳を溶かしてしまいそうだった。

本能のままに彼女と愛し合いたい衝動に駆られるが、残されたわずかな理性の部分は、必死に機会を窺《うかが》っていた。

アレを装着するタイミングだ。

先人達の偉大なる教えによれば、アレの装着で手間取るといいムードが台無しになってしまうらしい。男は盛り上がった空気のまま、極めてスムーズに装着を済まさなければならない。

大丈夫。

練習なら何度も家でやった。

もう少しいろいろと楽しんだ後に、自然な流れで枕元《まくらもと》のアレを——

「——え？」

思わず変な声が出てしまった。理性を食い潰そうとしていた昂《たか》ぶりが、冷や水を浴びせられたように消失してしまう。

ない。

アレが、ない。

ラブホテルならばまず間違いなく部屋に備え付けてある避妊具が、ない。

枕元には明らかにそれを入れるためのハート型のお皿みたいなものが置いてあるが、そこに肝心のものはなかった。

置いてあるのはおそらくアレを見栄え良く載せておくためだけの四角い紙だけで、一番大事なものがない。

「ど、どうしたの、桃田くん？」

「いや、えっ、と……」

動揺が思い切り態度に出てしまったからだろう、織原さんが問うてきた。

「ゴ、ゴムが……なくて」

どう言い訳したらいいかもわからず、俺はそのまま状況を説明した。

「え。嘘《うそ》……」

織原さんは驚いた顔をし、上体を起こして枕元を確認する。

「ほ、ほんとだ」

「……っ」

ああ、くそ。

なんだよ、これ。

どうしてこんな土壇場で、アクシデントが起こる？

最初にちゃんと確認しておくべきだった。さっきチラッと見たときはちゃんと置いてあったような気がしたんだけど……どうやらそれは、見栄え用の紙を見間違えただけだったらしい。

「ど、どうしてだろうね？　ホテルの人、忘れちゃったのかな？」

「……わかりません」

最悪だ。

もう、ムードもなにもあったもんじゃない。

今日はいきなり呼び出されて急に来たから、ゴムは持ってきていない。まさかこんな展開になるなんて、思いもしなかったから。

「……お、織原さん、持ってますか？」

言ってて、みっともなさで死にそうになる。

男として最低限の準備すら怠った状態で、それでもなおどうにかコトを済ませようとしているみたいで、自分が情けなくてたまらなかった。

「ごめん。私も、持ってきてない……」

申し訳なさそうに織原さんは言った。

「そう、ですよね……」

どうする？

どうすればいい？

なしでするわけにはいかない。

そんな無責任なマネはできない。

でも……今からどうにかゴムを用意するのは、なんていうか……流れとして気まずいにもほどがある。

急いで買いに行くか、ホテルの人に電話して持ってきてもらうか。

いずれにしても……盛り上がった空気が萎《な》えることは間違いない。

せっかくの初体験なのに。

二人にとって、一生に一度しかない大事な瞬間なのに。

それなのに、こんな不手際でグダグダになってしまうなんて——

屈辱めいた感情に苛《さいな》まれ、果てしなく落ち込んでしまう俺に、織原さんは言う。

「……桃田くん」

まるで、予想もしていなかった言葉を。

「い、いいよ、つけなくても……」

一瞬、なにを言われているのかわからなかった。

つけなくても——いい？

それは。

それが、意味することは――

俺が呆《ほう》けてしまったからだろう、織原さんは恥ずかしそうな顔で、

「つけないまま、しても……いいよ」

と、言葉を繰り返した。

「ないならないで、しょうがないし……」

「……でも、それじゃ」

「だ、大丈夫だよ、たぶん」

無理に作ったような笑顔で続ける。

「そんな簡単にはできないと思うし……私、たぶん今日は問題ない日だから」

それに、と。

まるで言い訳するみたいに、織原さんは言葉を重ねる。

「万が一、できちゃっても……私は、大丈夫だから」

「……っ」

「あ、あはは。これが高校生とかだったら、万が一妊娠でもしたら大騒ぎだろうけど……私、もう27だしね？　全然、子供産んでも問題ない年齢だし。同級生にも子供産んでる人、たくさんいるし……」

口調はどんどん早口になっていく。

「わ、私、貯金は結構あるから、しばらくは一人でも大丈夫だよ！　桃田くんに高校辞めて働けなんて言わないから！　うちの会社、産休とか育休とかもちゃんとしてるし」

「…………」

「えと、その……ま、まあ、大丈夫だって。そんな簡単にできたりしないからっ」

「……織原さん」

あるいは。

気づかない方が、よかったのかもしれない。

彼女の言葉を額面通りに受け取って、昂ぶる肉欲に身を任せてしまえばよかったのかもしれない。

不純物を間に挟まない純粋な交わりを女性の方から求めてくれたのだ。だったら剝《む》き出しの快楽を心ゆくままに堪能してしまえばよかったのかもしれない。

でも。

俺は——気づいてしまった。

かろうじて残っていた理性の部分で、察してしまった。

彼女らしくもない無責任な発言や、なにかを焦《あせ》るような態度に、どうしたって違和感を抱かずにはいられなかった。

「もしかして――」

俺は言う。

言わないわけには、いかなかった。

「ゴムを隠したの、織原さんですか？」


「――っ」

彼女は、びくりと身を竦《すく》ませた。

「やっぱり、そうだったんですね」

「えっ、と……」

数秒視線を泳がせるが、やがて観念したように、

「……どうして、わかったの？」

と言った。

自分の犯行を認めてくれた。

「わかりますよ。だって言ってることが全然、織原さんらしくないですし……それにゴムがないってわかっても、あんまり焦ったり驚いたりしてる感じがなかったですから」

「…………」

「あと俺……そこにゴムがあること、ちゃんと確認してましたから」

ハート型の皿に置いてある紙を見間違いかと思ったけれど——やはりおかしい。

チラッと見ただけだったけれど、自分なりにちゃんと確認した。

見間違いである可能性は、低いと思う。

俺が確認したときに、避妊具は確かにそこにあった。

その瞬間は、織原さんがシャワーを浴びていたタイミングだったと思う。

ということは、つまり——

「俺がシャワー浴びてる間に、隠したんですか？」

「……うん、ごめん」

俯いたまま、沈んだ声で、織原さんは言った。

「どうして、こんなことを……」

問いかけるも——本当はわかっていた。

すでに気づいてしまっていた。

彼女が、なにをしたかったのか——

「……子供、できちゃえばいい、って思ったの……」

織原さんは言った。

今にも泣き出しそうな震えた声で、言った。

「今日、つけないで、そういうことして……それで、もしも私が妊娠したら……そしたら——周りも私達を認めるしかないのかな、って……」

「……っ」

ああ——

やっぱり、そうだったんだ。

俺の気づきは、正解だったらしい。

これで全ての疑問が解決した。

今夜——

なぜ織原さんは、俺をホテルへと誘ったのか。

妃さんに俺達の関係がバレて、なにかしらの打開策を練らなければならないタイミングで、なぜ二人の関係性を進めようとしたのか。

その理由は——とてもシンプルだった。

「俺との子供が……欲しかったってことですか？」

「……うん。そう……」

織原さんは、痛みに耐えるような顔で頷く。

表情には激しい罪悪感や恥辱が滲《にじ》み、見ているだけで心が痛んだ。

子供が欲しかった。

だから——避妊具を隠した。

彼女から率先してシャワーを浴びたことも、伏線の一つだったのだろう。

先に自分が浴びて、その俺が向かった後に避妊具を隠すために。

先に俺を浴びさせてしまったら——自分がシャワーを浴びているタイミングで、俺が避妊具がないことに気づいて、ホテルに電話をしたりしてしまうかもしれないから。

俺が後に浴びたなら、シャワーから出たら……なんというか、そういう空気になるだけの話だ。

現に俺は、ギリギリまで避妊具がないことに気づけなかった。

もし。

万が一。

もう少し行為が先に進んでいたら。

もっともっと二人が盛り上がっていたら。

理性なんて完全に喪失してしまっていたなら。

俺は肉欲に負けて、なにものにも阻まれない快楽を貪ってしまっていたかもしれない。

本当に、いろんな意味でギリギリだった。

「……私と桃田くんの関係って……やっぱり、周囲には絶対反対されることなんだよね」

独り言のように織原さんは言う。

「最近、ちょっと浮かれてたけど……お姉ちゃんの反応で、改めて現実を突きつけられた気がした。桃田くんの友達や楓《かえで》さんが優しくしてくれたから、どこか勘違いしちゃってたのかもしれない……」

「…………」

「たぶんお姉ちゃんみたいな反応が、普通なんだと思う。私の両親だって、話を聞いたら怒るだろうし……ていうか今頃お姉ちゃんが話をしてて、大激怒してるかもしれない……」

不安と恐怖で、肩をふるわせる。

未成年と交際するリスク。

自分の社会的地位を失う危険と、そして俺や俺の家に迷惑をかけてしまうという罪悪感と危機感。

そんなリスクを、織原さんは今までずっと抱えてきたのだ。

「私の家は、絶対桃田くんとの交際を反対する……でも、でも」

織原さんは言う。

「私が子供を妊娠してたら、話が変わるかもしれない――そう、思ったの。思っちゃったの」

「…………」

「お姉ちゃんみたいに、子供がきっかけで、いろいろ上手く行くようになるのかもしれないって……」

織原妃。

彼女は俺の父親と、いわゆる『できちゃった婚』をする。

今年の六月ぐらいに出会ったはずなのに、来月ぐらいにはもう同居生活を始めるような予定が立っている。

全体的にスピーディに、とんとん拍子に事が進んでいる。

その理由の一つが――妊娠であることは間違いないだろう。

子供ができたなら、話が変わる。

結婚する以外の選択肢が、一気に少なくなっていく。

たとえば――姉貴がそうだった。

元から妃さんと親父の結婚に反対している様子はなかったけれど、妊娠を知ってからはさらに応援する気持ちが強くなったように見える。

最優先は生まれてくる母体と生まれてくる子供。

姉貴はそんな風に言っていた。

もしも。

もしも織原さんが、俺との子供を妊娠したら？

どうなるかは……正直、検討もつかない。

考えたこともなかった。

まさか自分が――この年で父親になるなんて。

もしそんなことになったなら、きっとありとあらゆる方面から大顰蹙《だいひんしゅく》を買うことになるだろう。

俺も織原さんも、親戚《しんせき》からも世間からも白い目で見られる可能性は高い。

でも。

もしかしたら。

全方位からバッシングを受ける一方で、俺達を引き離そうという動きは……弱まるのかもしれない。

子供ができてしまったなら認めざるを得ない——そんな空気に、もしかしたらなるのかもしれない。

もちろん、本当にどうなるかはわからない。

でも、俺達がこれから一緒にいられる可能性に限って言うなら、妊娠している場合の方が、今よりほんの少しだけ高くなるのかもしれない。

子は鎹《かすがい》。

子供がいれば、俺達を繋ぎ止める鎹になってくれる。

だから——織原さんはその可能性に縋《すが》ってしまった。

藁《わら》にも縋るような気持ちで、俺と今日、ホテルに——

「ごめん……本当にごめんね、桃田くん」

織原さんは涙を堪《こら》えるようにして言う。

「自分でも……おかしいことしてるのはわかってる……でも、他《ほか》にどうしたらいいのか、全然わかんなくて」

「…………」

「お姉ちゃんだけじゃなくて、うちの親まで出てきたら絶対大事になるし……これからどうなっちゃうかわかんない……。もう一緒にいれなくなるかもしれない。桃田くんの彼女じゃいられなくなっちゃうかもしれない。そう考えたら、私、私……」

「織原さん……」

「……う、うう……ひぃーん」

ずっと今にも泣き出しそうな顔をしていた織原さんが、とうとう耐えきれなくなったのか、声を上げて泣き出してしまった。

「う、うわあぁ……やだぁ、やだよぉ……絶対にやだよぉ。桃田くんと別れるなんて、絶対にやだよぉ……」

まるで子供みたいに、声を上げて泣く。

まうで子供みたいに、駄々をこねて泣く。

「ううう……なんで？　どうして？　なんでダメなの？　私はただ……桃田くんとずっと一緒にいたいだけなのに……、なんにも悪いことなんてしてないのに……、どうして、どうして……うう、ひぃーん」

わんわんと泣きじゃくる。

今まで胸の奥底に溜《た》め込んでいた不安や恐怖が、涙や声となって溢《あふ》れ出ているようだった。

ああ――

どうやら俺は、織原さんを見くびっていたらしい。

付き合って四ヶ月程度が経《た》ち、だいぶ彼女のこともわかってきたと思っていたが、それは思い上がりに過ぎなかったようだ。

『もしかしたら最後の思い出作りをしているのかもしれない』

今日ホテルに誘われたことを、そんな風に勘違いしてしまった自分が恥ずかしい。

むしろ――真逆だ。

織原さんは、絶対に最後にしないために俺を誘ったのだ。

ノーガード戦法を使ってでも、俺を繋ぎ止めるために。

俺と一緒にいる。

彼女にとっては、それだけが全てだった。

俺と共にいる未来だけを、真剣に真剣に考えてくれていた。

正直な話――褒《ほ》められた手法ではないと思う。

ある意味彼女は、俺を騙《だま》そうとしたのだ。俺の意思など無視して子供を授《さず》かり、強引《ごういん》にでも俺達の関係を維持しようとした。

一人の大人として、あまりに無責任な考えだったのかもしれない。

とても一方的で、自己中心的な考えだったのかもしれない。

そんな風に自分勝手な都合を押しつけようとしてきた彼女が、俺は――


――愛おしくて愛おしくてたまらなかった。


ぎゅっ、と。

泣いている織原さんを強く抱き締めた。

両手で包み込むように。

二度と放さないように。

強く強く、抱き締めた。

「も、桃田くん……」

「……ごめんなさい、織原さん」

俺は言う。

「織原さんの気持ちは……すごく嬉《うれ》しいです。俺と一緒にいることをなによりも大事に考えてくれて、ありがとうございます」

でも、と続ける。

「やっぱり……今の俺に、子供を作るっていう選択はできません」

「…………」

「いくら織原さんが成人で社会人だからって、織原さん一人に負担を押しつけるみたいな無責任なことはできないです。子供を作って、育てていけるだけの覚悟や経済力が……今の俺にはない」

親父とは違う。

できちゃった婚をしても許される親父とは、違う。

経済力もあり、大人としての責任が果たせる親父とは、なにもかもが違う。

「俺は……まだ子供で、ただの高校生だから……」

「……うん、わかってる。ごめん、ごめんね、私、変なことしようとしちゃって……。桃田くんは、なにも悪くないよ……」

「……織原さんも悪くないです。ただ、俺とのことを真剣に考えてくれた結果だったんだから」

「桃田くん……」

「結局俺は——15歳の高校生です。どれだけ背伸びしたって、それは変わらない」

「…………」

「でも、今月の誕生日になったら、16歳になる」

「え……」

「あと2年経てば、18歳になる」

どれだけ背伸びしたって、急に大人になれはしない。

でも、いずれは俺だって大人になる。

徐々に、普通に、大人になっていく。

いや——自然になるわけじゃない。

なっていかなければならないのだ。

己《おのれ》の意思と覚悟で、大人に——

「だから織原さん」

俺は言う。


「俺が18歳になったら、結婚してください」


織原さんは最初、きょとんとしていた。

言葉の意味を、まるで理解できていないようだった。

「え……」

「俺も、この先ずっと織原さんと一緒にいたいです。どんな障害があっても、どんな困難があっても、織原さんと一緒に乗り越えていきたい」

「…………」

「18歳になったら結婚できる……でも、その年になっても俺はまだ子供で、自立なんかできてない子供だと思います。普通に高校生だし……高校卒業した後も専門学校に通いたい。すぐに自分の金で稼げるようにはならない……」

俺が彼女を幸せにする。

そんな大それた台詞は——大人の男らしい台詞は、俺には言えない。

今の俺にも無理だし、たぶん、18歳になったって無理だ。

「俺一人じゃ、どうやったって織原さんを幸せにできない……情けないけど、それが事実です——だから、全部二人で一緒に頑張りたいです」

「一緒に……」

「一緒に、二人で」

まっすぐ織原さんを見つめる。

「駆け落ちとか、周囲の反対を押し切って強行するとか……そういうのじゃなくて、なんていうか……みんなが幸せになれるように頑張りましょう」

「みんなが……？」

「妃さんも、織原さんの両親も、うちの家族も……そして、もちろん俺達も。みんなが、幸せになれるように」

俺の言っていることは――とんでもない理想論なのかもしれない。

それができたら苦労しない、という話だ。

机上の空論よりも荒唐無稽《こうとうむけい》な理想論。

でも。

それでも。

俺は、そんな理想に手を伸ばしたいと思った。

現実と戦い、理想を我が物としたい――

「俺が18歳になるまでの二年間で……二人で頑張って、周囲を説得しましょう。頑張って頑張って説得して、織原さんの家にも俺の家にも認めてもらって……それで、結婚しましょう」

「…………」

「子供のことは……その、やっぱり正しい順序がいいというか。まずは結婚してから、追々考えていく形で……」

「……う、ううううっ」

呆《ほう》けたような顔で俺の話を聞いていてくれた織原さんが、また泣き出してしまった。両手で顔を隠されてしまい、表情が見えなくなる。

「お、織原さん……」

「……ち、ちが、ちがうの……だい、じょうぶ……そうじゃなくて……う」

嬉しすぎて、と。

彼女は言った。

手を少し下ろすと、涙でグチャグチャになった顔が見える。

そこには――とても幸福そうな笑みがあった。

涙を流しながら、織原さんは幸せそうに笑っていた。

「……なんでかな？　なんで桃田くんって、いつもいつも、私が一番言って欲しいことを言ってくれるの？　もう、ほんと……幸せすぎて……な、なみだが……ううっ」

「そんな、俺は」

「……いいの、私で？」

涙を手で拭《ぬぐ》ってから、織原さんは言う。

「桃田くんより一回りも年上だけど……？」

「一回りじゃなくて、11歳と10ヶ月でしょ？」

少し冗談めかして俺は言った。

織原さんは少し間を開けて、噴き出すように笑った。

「あはは。台詞取られちゃった」

「織原さんこそ……俺でいいんですか？　いろいろ格好つけて言いましたけど……結局俺は、18歳になったところで無収入の学生です。そんな奴《やつ》が夫で、本当に……」

「いいよ」

織原さんは言った。

ほとんど間を開けずに、即答みたいに言った。

それから——ずい、と身を寄せてきて、俺に抱きついてくる。

両手を俺の背中に回して、全身を密着させるように。

「桃田くんがいい。桃田くんじゃなきゃ嫌だ。一回り年下の男の子でも……私は、桃田くんと結婚して、ずっと一緒にいたい」

「織原さん……」

耳元で囁《ささや》かれる言葉は、俺の心と全く同じだった。

「……ちょっぴり、ですよ」

俺は言った。

「俺達の間にある年の差は、これから先も絶対に埋まらない。でも……俺達がお互いを大事にしてれば、一回りの年の差なんて『ちょっぴり』で済む話です」

年の差はなくならない。

どんなに頑張ってもなくならない。

消すことは絶対に不可能。

でも。

それをどう感じるかは、俺達次第だ。

他人からは『いや、ちょっぴりじゃねえよ』と突っ込まれるような年の差だって、俺達さえしっかりしていれば『ちょっぴり』で済む。

ちょっぴり年上の、最高にかわいい俺の彼女――

「『ちょっぴり』か……。すごいなあ、桃田くんは」

織原さんは言う。

「私よりずっと年下なのに、私よりずっと大人な気がする。私よりちゃんと、将来のことを見据えてる」

「そんなことないですよ……将来のことなんか、全然見据えてません。全部希望的観測で、すげえ見通しの甘い将来を見てると思いますから――でも」

「でも？」

「見通しの甘い未来でも――二人で一緒に見てられたなら、少しは現実に近づいてくれるのかな、って。一人じゃなくて、二人で、ちゃんと……」

俺一人でできることなんてたかが知れている。

どんなに強がったところで、できることは限られている。

でも。

二人でなら。

二人で一緒に、同じ方向を向いているのなら。

一人でどこかを見つめているときよりは、マシな未来が見えてくる気がする。

「……やっぱり、すごいよ、桃田くんは」

織原さんはそう言って、また強く俺を抱き締めてきた。

「……さっき桃田くんが言ってたの、いいよね」

「さっきって」

「みんなが幸せになれるように頑張る、ってやつ」

みんなが幸せに。

織原さんの家族も、俺の家族も。

そしてなにより――俺達自身も。

「すっごくいいと思う。絶対そうだよ。みんなが幸せなのが、一番いい」

「まあ、凄《すさ》まじい理想論なんですけど」

「理想でもいいよ」

織原さんは言う。

「一番いい方法だとは思うけど、たぶん、一番大変な道なんだろうね。私達二人が別れるより、もっともっと大変な道……」

「……そうですね」

「でも、大変でもそっちがいい。桃田くんと二人で一緒に歩けるなら、どんな大変な道でも、そっちがいい」

ずっと抱き合っていた俺達は、少し体を放す。

お互いに見つめ合う。

織原さんはとても幸福そうに笑っていた。

たぶん俺も、似たような顔をしているのだろう。

状況はなにも変わっていない。

でも、二人で同じ方向を向いていこうと思えただけで、なんだかとてつもない幸福感と無敵感があった。

「頑張りましょう、織原さん。みんなで幸せになるために」

「うん、頑張ろう。そして……」

「はい、そして……」

「け、結婚しようね」

「……はい」

「あはは」

「………つーか、すみません。せっかくのプロポーズが、こんなラブホテルで、半裸の状態で」

「い、いいよ、気にしないで！　私、すっごく嬉しかったから！」

「またいずれ、18歳になったら、ちゃんと本気のプロポーズしますから」

「ほ、本気って……え、え～。わ、わかった……た、楽しみにしてる」

二人で笑い合う。

幸福だけが、俺達を満たしていくようだった。

…………。

さて。

まあ。

いろいろ一段落したわけだけど。

それはそれとして――

「お、織原さん」

様々な葛藤《かっとう》の果てに、俺は言う。

かなり迷ったけれど、これ以外の選択肢がなかった。

俺にはまだ、やり残したことがある。

「とりあえずは……一段落、ですよね」

「え？」

「今後の方針は決まって、一段落というか」

「……う、うん、そうだね」

織原さんはまだ、俺の気持ちがさっぱり伝わってないらしく、きょとんとした様子だった。

なんというか、完全に終わった空気だった。

でも、ここで終わってしまっては困る。

「じゃあ、あの、その……」

この空気で言い出すことにはだいぶ抵抗があったけれど、それでも俺は言わずにはいられなかった。

「続きをしても、いいでしょうか……？」

「つ、続き？　続きって――っ!?」

ようやく、織原さんも意味を理解したようだった。

なんかものすごくほんわかした純愛の空気に包まれて、すっかり失念していたようだけれど、俺達が今どこにいてなにをしようとしていたかを、思い出したらしい。

「お、織原さんの……なんていうか、ノーガード戦法には、やはり責任感とかのアレで賛成できませんでしたけど……それはそれとして。それはそれとして！　ガードありなら、続けたいなあ、と……」

「え、えー……あー、あはは一。そ、そっか、そうだよねー。そうなっちゃうよねー。私が隠しただけで、アレはあるわけだから……」

気まずさと羞恥を表情に滲ませ、視線を泳がせる織原さん。

「やっぱり……したい、よね？」

「……はい。かなり」

「そ、そうだよねー。だって桃田くん……すごく元気いっぱいだもんね……さっきからずっと……プロポーズのときも」

「いや、その、えっと」

そこは触れないでいただきたい。

本当に恥ずかしいから一切《いっさい》言及しないで欲しい。

さっきからのシリアストーク中、実はずっと元気いっぱいだったとか……死ぬほど恥ずかしい事実なので。

「あー、うー……じゃあ、しよっか」

逡巡《しゅんじゅん》の果てに、実にかわいらしい表情で、織原さんは言った。

「ちょっと待っててね……取ってくるから」

と言って、ソファに置いてある鞄《かばん》へと向かう。

ゴムはそこに隠していたらしい。

ファスナーを開く——と、そこで表情が固まった。

「あっ……」

「ど、どうしました？」

問いかけると、鞄からスマホを取り出す。

「お姉ちゃんから、めちゃめちゃ着信来てる……」

こちらに画面を見せてくる。

電話のアイコンの右上には、『32』という数字が見えた。

「どうしよ、全然気づかなかった……わっ、またっ」

ちょうど今、妃さんからの着信があったらしい。

織原さんは驚いた顔をして、咄嗟《とっさ》にその電話に出てしまう。

『――姫《ひめ》ちゃん⁉　どこにいるの⁉』

電話口からは、涙声の叫びが聞こえた。

俺の方まで声が聞こえるぐらい。

「お、お姉ちゃん……」

『もう～～っ！　なんで電話に出ないのよぉ～～っ！　私がどれだけ心配したと思ってるの⁉

何回も何回もかけたのに！』

「ご、ごめん……全然気づかなくて」

『私がどれだけ心配したと思ってるの！　あんな風に喧嘩して出て行っちゃって……いくらかけても繋がらなくて……も、もしかしたら早まったことをしてたらどうしようって、すごくすごく心配してたのに……！　うう……！　でも無事でよかったぁ～～っ、ひぃーん！　本当に心配したんだからぁ～！』

「……ご、ごめんなさい」

『うう……お姉ちゃんこそ、ごめんね。さっきは感情的になっちゃって』

「ううん。私こそ、ごめんね……」

『姫ちゃんのおうちになのに、「出てけ」とか言っちゃってごめん』

「……うん、それはほんとに」

『まだ——お父さんとお母さんには言ってないから』

「え……」

『もう一度、ちゃんと話し合いましょう。だから——早く帰ってきて頂戴。もう遅いんだから』

「あ、えっと……う、うん」

通話は——そこで終わってしまう。

織原さんは、困ったような目で俺を見てきた。

そんな目で見つめられてしまえば——俺の答えは一つしかない。

「……帰りましょうか」

様々な思いを飲み下して、俺はそう言った。

「――姫ちゃん！」

アパートに到着して玄関の戸を開けると、ずっと待っていたらしい妃さんが、いきなり織原さんに抱きついてきた。

「ちょ……お、お姉ちゃん」

「もう、姫ちゃんのバカ！　本当に心配したんだからね！」

「ご、ごめんってば……」

「なんにしても無事でよかったわ。早く中に――」

そこまで言ったところで、妃さんは俺の存在に気づいたようだった。

目を丸くして驚きを露《あら》わにするが、

「……そうか。桃田くんと一緒だったのね」

と、すぐに納得と呆《あき》れの表情になる。

「考えてみれば、わかりそうなものよね。姫ちゃんが今、困ったときに一番初めに頼りにするのは、私でも親でもなくて――桃田くんなんだから」

本当に仲がいいわね、あなた達。

と、妃さんは言った。

どこか皮肉めいた口調で、揶揄《やゆ》するように。

「まったく……未成年をこんな時間まで連れ回して」

「それは」

「だ、大丈夫です。うち、門限緩いんで」

言葉に詰まる織原さんに代わって俺がフォローするも、

「そういう問題じゃないでしょう」

きっぱりと妃さんは言った。

それから深々と息を吐き出す。

「はあ。なんだかなあ……もう、あなた達を説得するのも疲れてきたわね。こっちがどれだけ丁寧に正論言っても、全然話を聞く気がないんだから」

実に嫌みっぽく言われたその言葉は——俺達にとって希望とも取れる言葉であった。

織原さんはハッと顔を上げ、一歩前に出る。

「じゃ、じゃあお姉ちゃん、私達のこと——」

「勘違いしないで。認めるわけじゃないわ」

ぴしゃり、と言い放つ。

強い眼差《まなざ》しで、こちらを睨《にら》むようにしながら。

「未成年との恋愛を許すわけにはいかないし……それに、私にはまだ、あなた達が初めての恋人に浮かれて、舞い上がっているようにしか見えないから」

「…………」

「でも、話し合いを放棄して強引な手を使うのは……なしにする。お父さんやお母さんにも……しばらくは黙っておく。まずは私達の間で、ちゃんと話し合って答えを出しましょう。それでいい？」

「……うん、今はそれで十分。ありがとう、お姉ちゃん」

織原さんは頭を下げる。

俺も一緒に、深く頭を下げた。

「もう遅いから、桃田くんは早く家に帰りなさい」

「はい、わかりました」

「あと……今週末のことも、よろしくね」

「え……ああ、はい。お世話になります」

「わかってると思うけど……姫ちゃんの料理と比べないでね？　比べるっていうかもう、今日姫ちゃんから教わったメニューをそのまま作るつもりだから……なんていうか、その、桃田くんは隠し味とかも全部知ってるってさっき姫ちゃんが言ってたんだけど……」

「わ、わかってますっ。ちゃんと初めて食べるみたいなリアクションします」

「……お願いね。茂《しげる》さんに手料理を振る舞うの、これが初めてだから……ほんとにお願いします」

真剣に頼まれてしまった。

うーむ。

なんか……変な関係性だなあ。

今回、妃さんは俺達の前に立ちはだかる壁なのかと思いきや、逆に親父との将来のために俺に協力を求めてきたりもする。

実に微妙な立場だ。

敵なのか味方なのか、全然はっきりしない。

でも。

世の中案外、そんなものなのかもしれない。

わかりやすい悪党なんてそうそういない。

周囲にいる大多数の人間が普通の人で、そのときそのときのシチュエーションで味方になったり敵になったりする。

自分次第で、善に見えたり悪に見えたりする。

渡る世間に鬼はなし。

俺達がこれから戦っていかなければならないのは、そういう鬼ではない相手なのだろう。

善でも悪でもないごくごく普通の人達と、向き合って話し合って、真摯《しんし》に説得していかなければならない。

それはたぶん、わかりやすい悪党を倒すよりもはるかに複雑で難しい道のりなのかもしれないが――

それでも。

二人ならば、なんとかできるような気がした。

「じゃあ、おやすみなさい」

玄関で挨拶《あいさつ》を済ませ、俺達は別れを済ませた。

数歩歩いてから、ふと振り返る。

妃さんはすでに中に入っていたけれど、織原さんはまだ外にいた。体は半分隠れていたけれど、顔はこっちを向いていた。

どうやら。

俺と全く同じタイミングで、ふと振り返ったらしい。

「…………」

「…………」

言葉も交わさずに見つめ合い、互いに小さく手を振った。

それだけで――なにかが通じ合った気がした。

こんな小さな奇跡だけでも、運命に思えた。

運命に思えることを、この上ない幸福だと思った。

第四章 親指姫も頑張っています。

学校は徐々に文化祭の色に染まり始めていた。

と言っても、本当に徐々に、だ。

文化祭まで一月を切ったとは言え、まだ三週間以上はある。

生徒間で話題に挙がることは増えてきたが、すでに準備に取りかかっているのは、本当にごく一部のやる気があるクラスだけだ。

うちの学校では、大体二年生がガチになるらしい。

三年生は受験勉強のため、そして一年生はまだいろいろと不慣れなため、やや意気込みに欠ける傾向にあるそうだ。

まあしかし、傾向は傾向だ。

一年生にも三年生にも、全力で文化祭を楽しもうとするクラスは存在する。

幸か不幸か。

俺《おれ》のクラスは傾向通り、やや意気込みに欠けていた。

そこそこにやってそれなりに楽しもう、というノリ。

今年の一年で、こんな時期から気合いを入れて準備を始めているクラスは——

「あっ、桃田《ももた》」

放課後。

帰り支度を整えて廊下を歩いていると、指宿《いぶすき》から声をかけられた。

「ねえ、浦野《うらの》見なかった？」

「ウラ……いや、見てねえけど」

「そっか。あー、もう、あいつどこ行ったんだろ？　今日はちゃんと残るようにって言ったんだけど……」

腕を組み、不服そうに口を尖《とが》らせる。

「まさかあいつ……文化祭の準備、サボってるのか？」

指宿とウラのクラスは、一年生ながらもかなり気合いを入れて準備をしているようだった。

すでに出し物の準備も始めているっぽい。

クラス代表となってしまったウラは、本来ならば誰よりも率先して動かなければならない立場にあるだろう。

昨日あったらしい代表の集まりにはカナと一緒にちゃんと参加したと聞いていたから、てっきりあいつなりに頑張っていると思ってたのだが——

不安から問うてしまう俺だったが、

「え？　ううん。サボってなんかないわよ」

指宿は首を振った。

ごくごく普通の調子で。

「むしろ逆で、浦野はめっちゃ頑張ってくれてるわ」

「そ、そうなのか？」

「うちのクラス、出し物は『メイド喫茶』なんだけどさ。浦野がなんか、速攻でメイド服レンタルできるところの目星つけてきてくれて。今、サイズとか種類を見て、どこにするか相談してるところ」

「へえ」

「『不自然に丈の短いメイド服は絶対やめろ。教師や生徒会に目をつけられるだけだし、そもそもみっともねえ。本格派で攻めろ』とのことで、本格路線で検討中ね」

「へえ～」

あいつらしい。

『僕はそっち系のオタクじゃない。メイド属性はない』と口では言っているけれど、それでも俺みたいなライトオタクよりは圧倒的に詳しい。

メイド服に関しても、あいつなりにこだわりや美学があると思われる。

「あと、こっちの意見にもめっちゃ的確にダメ出ししてくるのよね。私はせっかくなら本格的なコーヒーとか出してみたかったのよ。豆からゴリゴリ挽《ひ》いてさ」

「ふむ」

「でも浦野が『普段からやってねえ素人が豆から挽いて美味《うま》いコーヒーを出せるわけねえだろ。コーヒー舐《な》めんじゃねえ』って、ボロクソに言ってきて」

「ああ……」

「ムカつくけど確かになあ、と思ってたら『コーヒーはドルチェグストにしろ。カプセルさえ揃《そろ》えときゃいくらでも味を増やせるし、カフェインレスのオーダーにも対応できる』と、ただダメ出しするだけじゃなくて、代替案も出してくれて」

「おお……」

ドルチェグストか。

確かにあれが一番手っ取り早いだろうなあ。

織原《おりはら》さん家《ち》に置いてあるから何度か使ったことがあるけど……マジで便利。親父に頼んで速攻でうちでも買ってもらった。

誰でも簡単に、超お手軽に美味《おい》しいコーヒーを飲むことができる。

学生が文化祭で出すには、最適なのかもしれない。

豆から挽く本格的なコーヒーは、一杯一杯に時間がかかる。不慣れな学生がやったらどれだけ時間がかかるかわかったもんじゃない。

コーヒーメーカーに頼るのが正解だろう。

まあ、これがコーヒーをウリにしている出し物だとちょっと手抜き感が出てしまうかもしれないが、『メイド喫茶』ならばたぶん問題ないだろう。

「なんだ、すげえ頑張ってるじゃねえか、ウラの奴《やつ》」

「そうなのよ。私も驚いちゃって」

指宿は嬉《うれ》しそうに言う。

「まあ、浦野なら文句言いながらも手伝ってくれそうって期待してたんだけど、予想以上の働きよね。やっぱ、あいつを指名した私の目に狂いはなかったわ」

まるで自分の手柄のように胸を張る。

ふーむ。

指宿の方もウラに気があるのでは？　というカナの分析だったが、これはどっちなんだろうなあ。

屈託《くったく》のない気持ちいい笑顔で、まっすぐウラを讃《たた》えている。

本当に気があるのであれば、多少なりとも照れや恥じらいがあってもおかしくないと思うのだけれど。

好きは好きでも、がっつり友達として好きな感じではなかろうか。

「……って、あれ？」

いろいろ考えていると、ふと気づく。

「ウラは、サボらないでちゃんと働いてんだよな」

「うん」

「じゃあ……指宿はなんでウラ探してんだ？」

「ああ、今日は文化祭の準備とは別件で用事があってさ」

「別件？」

「あいつの友達を増やしてあげようかと思って」

指宿は言った。

にっこりと微笑《ほほえ》んで。

まるでそれが、素晴らしい思いつきであるかのように。

「浦野の奴、バリバリ働いてくれるのはいいんだけど……私以外とはさっぱり会話しないからさあ。アイディア出しもダメ出しも、全部私経由だし。私にはめっちゃ強気なくせに、他《ほか》の人が話に入ってくると途端におどおどするし」

「…………」

「だからここは私が一肌脱いで、あいつがクラスに馴染《なじ》めるように協力してあげようかと思って」

「……ぐ、具体的にはなにをする気なんだ？」

「クラス全員の前で、自己紹介を兼ねた小粋《こいき》なトークでもしてもらおうかな、って」

「殺す気か⁉」

　思わず叫んだ。

　叫ばずにはいられなかったのだ。

「い、指宿……な、なに考えてんだお前？　新手の拷問だろ、それ……あいつを再起不能に追い込みたいのか？」

「えー、なにが？　いいアイディアでしょ？」

　不服そうな指宿。

　自分がどれだけ恐ろしいことを企《たくら》んでいたか、まるで自覚がないらしい。

「浦野ってクラスじゃすごく影薄くて、みんなあいつがどんな奴か全然知らないんだからさ。まずは自己紹介から入るのが普通でしょ」

「……いや、それはそうかもしれないけど」

　善意、なんだろう、たぶん。

　悪気は一切《いっさい》なくて、純粋な善意からの行動。

　だからこそ……最高にタチが悪い。

　全員の前で改まって自己紹介って。

　そんなことさせられたら俺だったら心がへし折れる。

　俺以上に豆腐メンタルなウラの場合、心が……なんかこう、重力系の必殺技を食らったみたいにバキバキになって消滅しそう。

今日、逃げ帰ったのも納得。

億劫《おっくう》さや面倒臭さからのサボタージュじゃなくて、本能的な危機を感じて全力で逃亡を図ったのだろう。

「指宿……世の中にはさ、そういうのが致命的にNGな人種もいるんだよ。ウラはその代表格みたいな奴なんだから、コミュ障克服させるにしても、もっと丁重に丁重に、薄氷の上で爆弾処理するみたいな慎重さで……」

「優しすぎるのよ、桃田は」

指宿は言った。

もしも彼女から言われたら、後々の人生でも尾を引くトラウマになりそうな台詞《せりふ》だったけれど、彼女ではなく女友達から言われただけなので、そこまでのダメージはなかった。

「桃田や金尾《かなお》がそうやって甘やかすから、浦野はいつまでもあんな感じなんじゃないの？　あんたらしか友達がいなくて、あんたらとだけ遊んでればいい、みたいな状況」

「む……」

「そろそろ親離れならぬ、親友離れをしなきゃね」

「それは……」

少し言葉に詰まってしまう。

一理、ぐらいはあるのだろうか。

リア充で陽キャでクラスの中心人物である少女が、大した考えもなく陰キャに無理を強いていると思っていたけれど――指宿なりに、ちゃんと考えがあったらしい。

押しつけがましい善意には違いないのかもしれないが、善意は善意で、そこにはきちんと思いやりや優しさが込められている。

「浦野自身、本当に心から一人でいるのが好きで、誰とも関わりたくないっていうなら、それはそれでいいと思うけど……あいつってなんだかんだ言って、人といると楽しそうじゃない？　夏休みのキャンプとかも、文句ばっか言ってた割にはすごく楽しそうだったし」

「……………」

「だから文化祭でも代表を頼んでみたんだけど……うん。正解だったわね。まさかこんなに積極的に頑張ってくれるなんて思わなかったわ」

「……そうだな」

なんとも言えない気持ちになる。

陰キャの中の陰キャで、自称『孤独主義者』のウラが、実は寂《さび》しがりで人恋しがりなことは、俺もちゃんとわかってる。

キャンプに関しては指宿の言う通り、かなり楽しんでたと思う。

しかし。

今回の文化祭に限っていえば。

ウラが柄にもなく頑張っているのは、もしかしたら――

「え？　な、なに？　ジッと見てきちゃって」

「……いや」

きょとんとする指宿を前に、俺はなにも言えなくなる。

まあ、これ以上踏み込んでもしょうがないだろう。

全ては憶測でしかないし、仮に憶測が真実だったとしても、本人から頼まれもしないうちから余計な気を回す必要はない。

つーか。

そもそも今の俺は、他人の恋愛に首突っ込んでる場合じゃないしな。

「まあ、指宿の意見もわかるけど……公開処刑みたいな自己紹介は勘弁してやってくれ。それはたぶんなにかが違うし、失敗したとき洒落《しやれ》にならないダメージをウラが負うことになる」

「む……うーん。まあ、そうね。私もちょっと、荒療治すぎるような気はしてたし」

さすがに自覚はあったようだった。

「とりあえず、ウラのことはほどほどに頼む。楽しい文化祭にしてやってくれ」

「うん、もちろん。……って、なに他人事《ひとごと》みたいに言ってんのよ。桃田、あんただって全力で楽しみなさいよ」

「いや、うちのクラスはなんかそういうノリじゃなかったから……それに」

「それに」

「……正直、それどころじゃないって感じだ」

つい愚痴《ぐち》っぽく言ってしまうと、指宿はなにかを察したような顔となる。

「それどころじゃないって……まさか、織原さんとのこと？」

「あ、ああ」

「嘘《うそ》。なにかあったの？　まさか……別れ話とか？」

「いや、そういうわけじゃなくて。えっと――」


とりあえず人気《ひとけ》のない場所――階段の踊り場へと移動する。

話を聞き終えた指宿は、大変複雑そうな表情となった。

「な、なんか……だいぶ想像の斜め上を行く展開ね。織原さんのお姉ちゃんがお義母《かあ》さんになるって。別れ話とかの方がまだわかりやすかったわ……」

「……ほんとにな」

同意するしかなかった。

我ながらなかなか稀有《けう》な人生を歩んでいる自信がある。

展開の予測が困難極まりない。

「桃田のお父さんと織原さんのお姉ちゃんの結婚はほぼ確定で、そして桃田にも弟か妹が生まれるのも確定」

「ああ」

「で……織原さんのお姉ちゃんからは、桃田達の交際を反対されてる、と」

「そう」

「こ、困ったわね」

「まったくだよ。ほんと、どうしたもんかな」

本当に困り果てたように言う指宿に、俺は溜息《ためいき》交じりに返した。

すると、

「ふうん？」

と怪訝《けげん》そうな顔を向けられる。

「なんか桃田……言葉の割に態度が軽いわね」

「え？」

「困っているんだけど、落ち込んではいないっていうか。なんかそんな感じ」

「ああ……まあ、そうかもな。困っちゃいるけど——やりたいことだけは決まってる」

困難に直面してはいるが、途方には暮れていない。

やらなければならないことは決まっている。

進まなければならない道程だけは、見えている。

こないだのラブホテルで、俺達の覚悟は決まった。

……できることなら、ラブホテルじゃないところで覚悟を決めたかった感じではあるのだけれど。

「織原さんと別れるっていう選択肢はないからな。誰が反対しようと、どうにかして説得してくだけだよ。二人で一緒にな」

「…………」

指宿は呆気《あっけ》に取られたような顔となった。

「な、なんていうか……聞いてるこっちが恥ずかしくなるぐらい『まっすぐ』ね、桃田って」

「……うっせ」

「あはは。そこまではっきり言われると、バカにする気も起きないわ」

納得したように頷《うなず》き、指宿は言う。

「さすがは織原さんを百万回愛した男ね」

「ん？　なんだそれ？」

百万回愛した男？

百万回死んだ猫、なら知ってるけど。

「忘れたの？　ほら、その、あれ……わ、私と、遊園地でデートしたときのことよ」

　やや気まずそうに言う。

「観覧車の中で、言ったでしょ？　『たとえ百万回人生をやり直せたとしても、織原さんを好きになりたいと思ってる』って」

「ああ」

　言ったなあ、そんなこと。

　夕焼けに染まる景色を一望できた、観覧車の中――

　指宿からの二回目の告白を断り、それから『もしも織原さんと出会うより先に私が告白していたら？』と問われたとき、俺はそんな風に返したんだった。

　――過去の俺がなにを選ぶかなんてわからない。

　――でも今の俺は――たとえ百万回人生をやり直せたとしても、織原さんを好きになりたいと思ってる。

　思い返すと、我ながらかなり恥ずかしいことを言ってしまった気がする。

　でも――本心だ。

　今でも気持ちは変わらない。

人生は選択の連続で、選択の連続こそが人生。

現実はゲームとは違う。セーブポイントは存在しないし、二周目も存在しない。過去の選択を遡《さかのぼ》ってやり直すことなどできない。

だからこそ――選択は尊い。

仮に過去をやり直せたとしても、俺は織原さんを選びたい。

何度人生をやり直せたとしても、今の選択肢だけを大事にしたい。

そんな風に心の底から思える。

でも、もしかすると――

「……選ぶだけじゃ、ダメなのかもな」

ふと、俺は呟《つぶや》いた。

指宿は首を傾《かし》げる。

「え？　どういう意味？」

「いや……こっちの話だ」

小さく首を振った。

指宿は不思議そうな顔をしていたけれど、

「まあ、いいわ。二人が別れないなら、それが一番だと思うし」

と話を切り替える。

「私にはなにもできなそうだけど……心の中で応援してる」

「それで十分だよ」

「いろいろどうにかなって一段落して、来月の文化祭、織原さんも来られるといいわね」

「……いや、それはまずいだろ。学校に織原さんが来ちゃ、俺達のことが……」

「そう？　カップル感さえ出さなきゃ大丈夫じゃないの？　普通に知り合いを連れてきたってことにすれば。うちの文化祭、基本的に外部の参加自由だし」

「……そうかもな」

ある意味盲点だった。

学校行事に織原さんを誘うのはさすがに自殺行為だろうと決めつけ、最初から誘うことを考えていなかったけれど——堂々と『知り合いですが、なにか？』という顔をしていれば、案外大丈夫かもしれない。

「適当に親戚《しんせき》ってことにしとけば——あっ。ていうか桃田のお父さんと織原さんのお姉さんが結婚するなら、二人は親戚になるんじゃないの？」

「……おお⁉」

それもまた盲点だった。

他に考えることが多すぎて今まで気づけなかったけど……そうか。

親父と妃《きさき》さんが結婚したならば——

「お、俺と織原さんは、親戚になってしまうのか……」

「やったわね。これで堂々と文化祭に来られるわよ。だって本当に親戚なんだもん。親戚同士が一緒に行動してたって、なにも不自然じゃないわ」

グッドアイディアが閃《ひらめ》いたように言う指宿。

俺はそこまで楽観的に考えられるわけではないが、そのポジティブな考えを少しは見習いたいとも思った。

今までは二人で外で会う際、『誰か知り合いにあったら親戚で誤魔化《ごまか》そう』という打ち合わせはしていたけれど……まさか、俺達が本当に親戚になってしまうとは。

嘘から出た真《まこと》にもほどがある。

思いっきりポジティブに考えるなら、これからは今までより堂々とデートができるのかもしれない。

だって嘘ではなく、本当に親戚になってしまったのだから。

「もし織原さんが来られたら、うちのメイド喫茶にも遊びに来てよね。今ね、お客さんもメイドに着替えてもらえる企画も考え中なの。もしかしたら、織原さんのメイド服姿が見られるかもしれないわよ？」

「ほう」

織原さんのメイド服姿、か。

それはきっと……とてつもなく破壊力となるだろう。

ウラがプロデュースするとなれば、おそらくさほど媚《こ》びてないデザインのメイド服となるはずだ。

不自然に胸元《むなもと》が開いていることもなく、不自然にスカート丈が短かったりすることもない。そんな侍女らしい慎《つつ》ましさを有した、極めて正統派のメイド服。

けれど織原さんの場合、どれだけ清楚《せいそ》かつ貞淑《ていしゅく》な服装に身を包んでいたとしても、暴力的なまでの魅力が溢《あふ》れ出てしまうだろう。

たとえば胸とか。あと胸とか。他にも胸とか――

「まあでも、浦野が全力で反対してるから実現しなそうなんだけどね。『どんな体型の客が来るかもわからねえのに、んなことやってられるか。サイズ何着用意する気だ?』ってさ。確かにその通りっちゃその通りな気がするし」

「……なんだ、そうなのか」

「ろ、露骨にがっかりしたわね」

呆《あき》れ顔の指宿だった。

どうやら織原さんのメイド服は、俺の妄想だけで実現はしなそうだった。

第五章 お妃様が泊まりに来ます。

騒動は俺《おれ》の周りだけではなく、織原《おりはら》さんの周りでも徐々に浸透しているらしかった。

織原さんの友達——白井雪《しらいゆき》さんからも、俺に連絡があった。

大体の事情はすでに聞いていたらしい。

心配して電話をくれた……のだとは思うけれど。

そのテンションは、なんだかとても軽かった。

『——でもアレね。桃田《ももた》くんのお父さんと妃《きさき》さんが結婚して、あなた達カップルが親戚《しんせき》になるということは……つまり姫は、あなたの「おばさん」になってしまうということなのよね』

「……そうですね」

俺達が実行していた『知り合いに見つかったら親戚で誤魔化《ごまか》す』作戦。

万が一のときは、織原さんは俺の『親戚のおばさん』ということにする予定だった。

それがまさか……本当に『叔母』になってしまうとは。

つくづく、嘘《うそ》から出た真《まこと》、だ。

ちなみに。

親族での『おばさん』という呼称には、『叔母さん』と『伯母さん』という二種類の漢字表記があるが、その違いは——

叔母さん——父親の妹、もしくは母親の妹。

伯母さん——父親の姉、もしくは母親の姉。

——ということらしい。

自分の親の、上の姉妹か下の姉妹かで表記が変わるらしい。

『叔父さん』と『伯父さん』も同様、とのこと。

だから妃さん——俺の新しいお義母《かあ》さんの妹である織原さんは、今後は俺の『叔母さん』ということになる。

「あの……本当の意味で俺の『おばさん』になっちゃったってこと、織原さんには言わないでくださいね。たぶん……いや、絶対凹《へこ》むと思うんで」

『そうね』

雪さんは言う。

『教えてあげたら、がっつり凹んでたわ』

「…………」

遅かったか。

すでにからかった後だったか。

「や、やめてくださいよ。織原さん、そういうの本気で気にするんですから」

『ふふ。ごめんなさいね。でも裏を返せば、そんな風にからかって遊べるくらい、姫《ひめ》は元気だったってことよ』

楽しげな口調で雪さんは続ける。

『いろいろ大変だったみたいだけれど、思ったより平気そうね、姫もあなたも』

「まあ、どうにか」

『姫にプロポーズしたんですって？　18歳になったら結婚しようって』

「……そこまで聞いてるんですか？」

『様子が明らかにおかしかったから、軽くカマをかけてみたの。そしたらすぐに自白してくれたわ』

織原さんめ……。

まあ、そういう駆け引き弱いもんなあ。

まして相手が雪さんじゃ、最初から勝ち目なんてないだろう。

『ふふふ。あの姫がとうとう結婚か……。二年後が楽しみだわ』

上機嫌に言う雪さん。

からかうような調子だったが……しかし、そこにバカにするようなニュアンスはなかったように思う。

純粋に、シンプルに、とても楽しそうな声である。

『これでも一応、友人として少しは心配していたんだけれど、どうやら私の出る幕はなさそうね。この電話も……桃田くんが早まったことをしようとしてたら、釘《くぎ》を刺そうと思ってかけてみたんだけど』

「早まったこと？」

『学校を辞めて働く、って言い出すとかよ』

「……ああ」

それは、ほんの少しは考えたことだ。

少しだけ考えて、すぐに却下した可能性。

「そのパターンも考えなかったわけじゃないですけど……でも、やめました。たぶん、誰も幸せになれない結末になりそうだったんで」

苦笑しつつ、俺は言う。

「どんなに背伸びしても……今の俺は子供でしかなくて、急に大人になれるわけじゃないから」

『……大人ね、桃田くんは』

静かな声音で、雪さんは言った。

『子供でしかない』と言った俺に『大人ね』と。

「大人……ですか？」

『自分が子供でしかないことを自覚した上で、届かないものを摑《つか》もうと背伸びをして手を伸ばしている。その辺の「自分はもう大人だ」と思い込んでる奴《やつ》より、よっぽどしっかりしてると思うわ』

「………………」

『背伸びをするのは悪いことじゃないけれど、そのために一番大事なのは、ちゃんと地に足をつけていること。あなたはその意味を……きっとわかってる』

抽象的なたとえではあったが、言わんとすることはなんとなくわかった。

背伸びをするなら――ちゃんと地に足をつけて。

『なんにしても、私の心配は杞憂《きゆう》で終わったみたいでなによりよ。やれやれ……老婆心《ろうばしん》っていうのかしらね、こういうの？　本当に私も、年を取ったものだわ』

自嘲《じちよう》気味に呟《つぶや》いた後、雪さんは改めて言う。

『姫のこと、頼んだわよ、桃田くん。私の数少ない大切な友人だから」

「……はい」

彼女の言葉に、俺はしっかりと頷《うなず》いた。

そして。

あれよあれよという間に、魔の週末がやってきた。

新しいお母さんが、うちに泊まりに来る日。

夕方頃《ごろ》になると親父が車で迎えに出て、妃さんを連れてきた。

俺と姉貴と親父を合わせて、四人の夕食が始まる。

「……お口に合うかどうかわからないけど」

「おお、さすがですね妃さん。まさかこんなに料理上手だったなんて」

「そんな……褒《ほ》めすぎですよ、茂《しげる》さん」

まるで新婚みたいな初々しいやり取りをする二人。

食卓に並んだのは──生姜《しょうが》焼きとナスの揚げ浸し、そして小松菜とほうれん草のお浸し。

そして人数分のご飯と味噌《みそ》汁。

『和っぽいので攻めたい！』という要望が妃さんからあったらしく、織原さんがメニューを考えたらしい。

「うん、美味《おい》しい」

「ほ、本当ですか、茂さん」

「いやー、マジで美味《うま》いっスよ、妃さん。毎日食べたい味ですね。もう明日から一緒に住んじゃいましょうよ」

「楓《かえで》ちゃん……あ、ありがとう」

親父や姉貴の賞賛に、心底嬉《うれ》しそうに微笑《ほほえ》む妃さん。

それから俺の方を向くと、

「桃田くんは、どうかしら？」

と問うてきた。

とても優しい笑顔だったが、目は笑っていなかった。

『いいリアクション頼むわよ』

『あと、姫ちゃんと味を比べないでね』

そんな心の声が聞こえてきそうだった。

「とても美味しいです。妃さん、料理上手なんですね」

「ありがとう、桃田くん。さあ、遠慮しないでどんどん食べてね」

にこやかに笑い合う。

完璧《かんぺき》だ。

完璧なやり取りだ。

どこからどう見ても、今日が会って二回目の義母《はは》と息子の会話だろう。

まあ……他《ほか》の例を知らないからよくわからないけれど、でも自然な会話ができたような気がする。

前回の食事会では失敗してしまったが、お互いに心の準備さえできていれば、このぐらいの演技はできるということだ。

ほっと一段落した気分でいるが――しかし。

俺達はまだ、自分達の致命的な失態に気づいていなかった。

「も、桃田くん……？」

親父が怪訝《けげん》そうな声を上げた。

「妃さん……なんで薫《かおる》のことだけ、名字で呼ぶんですか？」

「「――っ⁉」」

俺と妃さんは、同時に顔を引き攣《つ》らせた。

やべえ！

呼び方のことすっかり忘れてた！

妃さんは前からずっと『桃田くん』呼びだったからそのまま呼んじゃったけど、今このメンバーで俺を名字呼びしたら絶対におかしい。

新しいお義母さんが、新しい息子だけ名字で呼んでることになってしまう！

なんか……すっごく迂遠《うえん》な嫌がらせをしてるみたい！

俺だけ差別されてるみたい！

「あ、あの、その……ち、違うんです、茂さん！　えっと、その……思春期の難しい年頃にある少年を、いきなり名前で呼んだりしたら馴《な》れ馴《な》れしいかと思って……。ねえ、もも……か、薫くん？」

同意を求めるの⁉

難しい年頃だと言ってるのに、同意を求めてくる⁉

「そ、そうですね。いやー、もう、ほんとに難しい年頃ですから。やっぱり一回は名字で呼ぶようなワンクッションが欲しかったというか……」

難しい年頃らしいのに相手を慮《おもんぱか》った台詞《せりふ》を吐いてしまう俺だった。

もうどうしたらいいのかわからん。

慌《あわ》てふためく俺達に、親父は不思議そうな顔をしていたが、

「父さん。ご飯のおかわり、よそおうか」

姉貴が席を立ち、手を差し出しながらそんなことを言った。

「え……いや、俺はもう」

「なに言ってんだ。せっかくの初手料理なんだから、親父が食わなくてどうすんだよ」

「む。そ、そうだな」

姉貴に言いくるめられ、親父は残りのご飯を口に運んだ。

上手《うま》い具合に話が逸《そ》れたらしい。

俺と妃さんは、ほっと息を吐き出す。

心の中で深く姉貴に感謝した。


少々のトラブルはあったものの、夕食はどうにか平和に終わった。

その後はみんな居間に移動して、談笑の時間。

妃さんが胎児のエコー写真を出してくれて、それをみんなで眺めた。

妊娠三ヶ月の胎児は当然ながらまだまだ小さく見えたけれど——でも、段々と人の形になっているようだった。手足はまだよく見えなかったけれど、頭と胴体はしっかりと見えた。

順調に育っている胎児を見つめながら、男と女どっちになるかとか、名前はどうしようかとか、そんな会話で盛り上がった。

子は鎹《かすがい》——とは少し違うのかもしれないけれど、子供がいると話題が尽きなくていいなあ、とは思った。

特に気まずくなることもなく、実に和やかな空気のまま、夕食後の時間を過ごすことができた。

順番に風呂《ふろ》に入って、就寝の時間。

この家の三人は各自の部屋で寝て、妃さんは一階にある床の間に、客用の布団《ふとん》を敷いて寝てもらうこととなった。

いずれは親父と同じ部屋で寝ることになるのかもしれないが……まあ、うん。なんていうか、一回目のお泊まりで一緒に寝られても……なんかね？

こっちとしても変な気を遣ってしまうというか……。

はあ……なんだかなあ。

さっき『次の子はどうしようか』みたいな話にもなったけれど……そうなった場合、この家で仕込むのかなあ？　俺と姉貴が寝静まった後にまたも妃さんのノーガード戦法が炸裂するのかなあ？

やだなあ。

切実にやだなあ。

「はあ……」

時刻は十一時過ぎ――

ベッドに入ってから、俺は深く息を吐き出す。

疲れと、そして安堵《あんど》の息だった。

いろいろと気疲れはしたが、特に問題も起きずに終わって本当によかった。

妃さんは少し緊張した様子だったけれど、その辺はコミュニケーション強者である姉貴が上手くやってくれてありがたかった。

新しい母親と子供のことを最優先するという言葉は、嘘ではなかったらしい。

寝る前に織原さんに向け、

『特に何事もなく終わりました』

とラインで報告すると『よかった～』とディフォルメキャラが泣いているスタンプが送られてきた。

それから互いに『おやすみ』と送り合って、俺はスマホを枕元《まくらもと》に置く。

目を閉じると、すぐに眠気が来た。

まどろみに落ちていく俺は——まだ気づいていなかった。

何事もなく終わったと思ったお泊まりは——実はまだ終わっていなかった。

遠足は家に帰るまでが遠足。

お泊まりは、朝を迎えて家を出るまでがお泊まり。

なにかが起こるのは——これからだったのだ。


夢を見た。

見ている最中に、夢だとわかるタイプの夢だった。

ふわふわと宙に漂うような曖昧《あいまい》で不安定な感覚が、今見ている光景が全て夢だと俺に伝えてくる。

だって——こんなこと現実でありえるはずがない。

現実の織原さんが、こんなことをしてくるはずがない——

「——ねえ、桃田くん？」

艶《つや》っぽい猫なで声。

俺はベッドに横たわっていて、織原さんがすぐ隣に体を重ねてきていた。

肉付きのいい脚を絡《から》ませながら、細い指を俺の体に優しく這《は》わせる。そしてとどめとばかりに、豊満な胸を恥ずかしげもなく押しつけてきた。

「この間の続き、しよ？」

甘い声で織原さんは囁《ささや》く。

とんでもなく扇情《せんじょう》的な声で、実に官能的に台詞を。

「ねえ、お願い。私、もう我慢できないの……！」

「………」

あー。

こりゃ夢だな。

夢に違いない。

夢じゃなきゃありえない。

実際の織原さんが、こんなこと言うはずがない。

こんなにも積極的に肉体関係を迫ってくるはずがない。

まったく……なんて夢見てんだよ、俺は？

欲求不満なんだろうか。

こないだのホテルで寸止め食らった件が、まだ尾を引いてるのだろうか？

「桃田くんは……寝てていいよ。私が、全部してあげるから」

はあ、やれやれ。

わかってねえなあ、俺の深層心理。

いくら夢だっつっても、こんな風にゴリゴリ迫ってくる織原さんは……なんつーか、魅力半減だろう。

キャラ崩壊がひどい。

痴女じゃないんだから。

妃さんじゃないんだから。

織原さんはこの手のことになるとすぐに顔を真っ赤《まか》にして恥ずかしがってしまうところが最高にかわいいんだよ。

あまり大胆になられても、なにかが違う。

たまに向こうからアプローチしてくることもあるけれど、それはあくまで羞恥《しゅうち》の上で成り立ってるからこそ嬉しいというか。本当は死ぬほど恥ずかしいけど、でも『俺のためなら』と頑張ってくれるからこそ愛《いと》おしいのであって、恥じらいを捨て去ったみたいにエロく迫ってこられても、なにかが違うというか。

……いや、まあ。

だからって、向こうからガンガン迫ってくるのが完全にNGかと問われれば、別にそんなことはないんだけど。

男として自分がリードしたいという気持ちもあれば……逆に向こうにリードしてもらいたいという気持ちも、ないと言えば嘘になる。

基本的には普段の織原さんが一番好きなのは間違いないんだけど、こういう超積極的な織原さんも……まあ、ありっちゃありなのかもしれない。

なにせここは夢の中。

現実ならばやや引いてしまうような痴女っぽい織原さんを、思い切って堪能してみるのも悪くないだろう。

夢の中ならば、俺も恥じらいを捨てて好き放題してみようか！

とか。

まあ。

思春期の高校生らしくエッチな夢を楽しむことを決めた俺だけど——しかし段々と意識が覚醒《かくせい》していく。

そこで、現実を突きつけられる。

なんでこんなエッチな夢を見てしまったのか、その恐るべき真相を——


「……はぁん」

まどろみの中、甘ったるい吐息の音が聞こえた。

徐々に意識がはっきりとしていく。

夢から現実へと——しかしどういうわけか、感触だけはまるで夢の中と変わらなかった。

ムッチリとした脚が絡みつけられ、細い指は体中をまさぐり、そして豊満すぎる乳房は、これでもかってほど体に押しつけられている。

「ああ……起きてしまいましたか?」

寝ぼけた頭に、甘い声が響く。

「すみません……やはりまだ少し緊張しているせいか、なんだか寝付けなくて。だからつい、お邪魔してしまいました」

「……………」

「はしたないことをしているのは、わかっています。でも……寂《さび》しいんです。だって今日が終わってしまったら、またしばらく会えなくなってしまうから」

「…………」

「まだ安定期ではないので、その……直接的な行為は避けた方がいいらしいですが……でも、心配しないでください。私が、他の全てでご奉仕いたしますから」

「…………」

「だから、あなたはずっと横になっていて大丈夫ですよ。全部、私がしてあげます。なにも心配せず、ただ身を委《ゆだ》ねてください」

茂さん。

と、彼女は言った。

最愛の人に愛を伝え叫ぶような声音で、言った。

瞬間――俺の意識はバッチリと覚醒する。

「き、妃さん……!?」

反射的に上体を起こし、布団を取り払う。

そこにいたのは、妃さんだった。

俺の新しい母親になる女性が、あろうことか、新しい息子となる俺に積極的に体を絡みつけて、全身をまさぐっていた。

母子のスキンシップと呼ぶには、あまりに過激すぎるだろう。

「きゃっ！　あっ……ご、ごめんなさい……気分を害してしまいましたか？　で、でも私も不安で……こんなことぐらいしか――え？」

謝罪を口にしている途中で、まじまじと俺の顔を見つめてくる。

部屋は真っ暗でお互いの顔がかなり見づらかったが――思い切り体を密着させられていたため、妃さんと俺との距離はほぼゼロだった。

よく見れば、相手の顔ぐらいはわかる。

「も、桃田くん……!?」

「……なにやってんですか、妃さん？」

俺の口からは、絶望みたいな溜息《ためいき》と共に呆《あき》れの言葉が漏《も》れた。

もうやだ。

ほんとにやだ。

なにやってんの、この人……？

心の底からうんざりして呆れ果ててしまう俺に対し、妃さんは表情に極限の混乱と羞恥を滲《にじ》ませた。

「え、え……あ、あれ？　だってここ、茂さんの部屋じゃ……？　階段登ってすぐって言われてたのに」

「親父の部屋は向かいですよ……」

階段登って、すぐ右が俺の部屋で、すぐ左が親父の部屋。

親父がどういう風に言ったのかは知らないけれど、おそらく簡単に『階段昇ってすぐの部屋』とかって説明したのだろう。どちらかと言えば俺の部屋の方が階段に近いため、妃さんは勘違いしてしまったようだ。

そう。

つまり妃さんは、本当は親父の部屋に向かうつもりだった。

みなが寝静まった深夜に、こっそりと。

その目的は……考えるまでもなく、考えたくもないけれど、たった一つしかないのだろう。

「夜這い、しにいくつもりだったんですか……？」

「ち、違うの……！　そうじゃなくて、そうじゃなくて……えっと……だ、だって寂しかったのよ！」

全然違わないようだった。

「最近、茂さんと会う機会減ってたし、それに……妊娠が発覚してからは、茂さんが私の体を気遣って、そういうことしなくなっちゃったから……」

「……なんつーか、夫婦間のことなんで、別に全然いいんですけど……今日ぐらいは我慢できませんでした？」

眠気と倦怠感《けんたいかん》から、つい嫌みを言ってしまう俺。

だってさあ……もうなんなのこの状況？

せっかくいい空気のまま平和に終わったと思ったのに。

なぜこのタイミングで夜這いをしようと思う？

そして――なぜ失敗する？

やるならやるで、俺や姉貴に気づかれないまま終わってくれ。

この、肝心な部分で致命的にやらかしてしまう感じ……言っちゃなんだけど、織原さんそっくりだなあ。

血筋なのかなあ。

「だ、だって……今日を逃《のが》したら、次はいつ会えるかわからないし……会えたとしても、わざわざそのためだけにどこか行こうって空気にはならなそうだし……」

「はあ……そうですか」

「な、なにその呆れた顔……⁉　低俗な生き物を見るような目……⁉　わ、私はこれから桃田くんのお義母さんになるのよ！　それがお義母さんに向ける目なの……！」

「……お義母さんは高校生になった息子の布団には潜り込まないと思うんですけど」

「だ、だから間違えちゃったのよ……！　うう……私のこと、バカにして……桃田くんも私のこと、ヤリマン熟女だと思ってるんでしょ！」

「…………」

「なんで無言で目を逸らすの⁉　とうとう嘘でもフォローしてくれないの⁉　う、うう……

ひぃーん」

とうとうベッドの上で泣き出してしまう妃さん。

「もう嫌ぁ……なんでこうなっちゃうのぉ……！　私、頑張っていい奥さんになろうと思ってたのにぃ……いいお義母さんになろうと思ってたのにぃ……！」

もはや号泣である。

同情する気持ちもあったが、正直、泣きたいのはこっちの方だった。


時刻はすでに深夜二時を回っていた。

これ以上部屋で騒いで親父や姉貴を起こしてしまっては面倒なので、俺は泣いている妃さんを連れて、とりあえず一階のキッチンに降りた。

深夜だからコーヒーやお茶は避けたいし、なにより妊娠中はカフェインもあまり良くないと聞く。

ので、飲み物のチョイスはホットミルクとなった。

「どうぞ」

「ひん……ずずっ……あ、ありがとう……」

レンジで温めた牛乳を差し出すと、妃さんは鼻をすすりつつ受け取った。それからティッシュで鼻をかむ。

　少しは落ち着いてきたらしい。

「すんっ、すんっ……あの、えっと……ご、ごめんなさいね、桃田くん。私、なんていうか……すごくみっともないところを見せてしまって」

「……いえ」

　小さくそう答えるしかなかった。

　ほんとにね！　と叫びたい気分だったけれど。

「うう……ああ、もう、どうしてこうなっちゃったのかしら……？　茂さんに思春期の息子がいるって聞いたとき、その子に『お義母さん』って呼んでもらえるように頑張ろう、いい母親になろうって思ってたのに――まさかその相手が、以前からの知り合いだったなんて」

「…………」

「私、子供達の前では清楚《せいそ》で貞淑《ていしゆく》なママキャラで行こうと思ってたのに……こんなんじゃもう無理よ。だって桃田くんには私の本性バレてるんだから。私からホテル誘って既成事実作ろうとしてたことも、全部バレてるんだから！　こんなんでどうやって母親面すればいいのよ、私……!?」

「……なんかすみません」

　謝るしかなかった。

誰が悪いという話でもないのだろうけれど——俺が息子でごめんなさい、という気分だ。

今回の件は、妃さんにとっても相当なイレギュラーだったに違いない。

予定や心の準備が全部狂うような、とんでもないアクシデント。

俺は俺でかなり気まずい思いもしているが、それは妃さんも同様だろう。

新しくできた息子が——かつて恋愛相談をしてた相手。

それも、ホテルだとか肉体関係だとか、だいぶ生々しい領域の相談。

気まずいなんてもんじゃねえ。

「……あ、あのね桃田くん、一つだけ勘違いしないで欲しいんだけど……私は決して、自分の欲求不満から夜這いを仕掛けたわけじゃないのよ?」

妃さんは恥じらいながらも、強い言葉で言う。

「ま、まあ、ちょっとぐらいそういう気持ちもあったけれど……でも一番は、茂さんに……う、浮気《うわき》されたくなくて」

「浮気……」

「し、茂さんを信じてないわけじゃないのよ！　信じてないわけじゃない……んだけど、どうしても不安になっちゃって」

声は尻《しり》すぼみに小さくなっていく。

「……テレビとか、周りの話とか聞くと……奥さんの妊娠中に浮気する男性って、結構多いっていうから。妊娠中だと、安定期に入るまでそういう行為ができなくなるから、他に行っちゃう男が多いって。あと……安定期とか関係なく、奥さんのお腹《なか》が大きくなってくると、異性として見ることができなくなる人が多いとか」

「…………」

「私達、まだ出会って半年も経《た》ってなくて……だから、その、まだ数えるほどしか体を重ねてないの……。それなのに私が妊娠しちゃって……できなくなっちゃって。茂さんは優しいから、私の体を労《ねぎら》ってそういう行為は求めてこないんだけど……でも、だからこそ、どうしようもなく不安になっちゃうのよ……」

「…………」

また生々しい話が始まった、と辟易《へきえき》する気持ちも少しはあったけれど――どうやら思ったより真面目《まじめ》な話らしい。

真面目で、真剣な悩みらしい。

過去の離婚経験。

相手方の浮気は、妃さんにとって相当なトラウマとなっているようだ。

決してふざけているわけではない。

目の前の女性は真剣に悩み、本当に不安になっている――

「だから、だからね……他の女に行く気が失《う》せるぐらい、私が全部搾《しぼ》り取っておけばいいかなって」

「………」

け、決してふざけているわけではない。

たぶん。

言ってることの筋は通ってるし、理には叶《かな》っている。

たぶん……。

「息子としては……親父を信じてください、としか言えないですね」

「……わかってるわ。茂さんは……私の前の旦那とは違う。そういう人じゃないし、そう信じたい。わかってはいるんだけど……」

不安を滲ませた瞳《ひとみ》で零《こぼ》した後、口の端に痛々しい自嘲を刻む。

「はあ……ダメね。どうしても悪い方にばっかり考えちゃう。一度失敗しちゃってるから、もう二度と失敗したくないって気持ちが強くなっちゃって」

「失敗、ですか」

「……ええ、失敗よ。前にも言ったでしょ？　一度目の結婚で、私は選ぶ相手を間違えたの。運命の相手じゃない人と結婚しちゃったの。だから大失敗……」

「――本当にそうなんですか？」

俺は言った。

予想してない言葉だったのか、妃さんは目を丸くする。

「え？」

「あっ……すみません。別に、妃さんの離婚が間違ってたって言いたいわけでも、相手の方を擁護するつもりもないんですけど……ただ」

「ただ？」

「ただ……この前、織原さんの部屋で話を聞いていたときから、なんか引っかかってて」

俺は言う。

「妃さんは、今もこの前も、『選ぶ相手を間違えた』って言ってるじゃないですか。相手を間違えた、運命の相手じゃなかった……そんな風に、まるで——最初の結婚自体が失敗で、間違いだったみたいに」

頭の中で、この前の台詞を思い返す。

俺達の交際を否定するために、彼女が言った言葉を。

どんな困難でも二人でなら乗り越えていける——そんな俺達の感情を、恋の盲目が為《な》せる業と一蹴した彼女の言葉を。

——運命の相手じゃない相手を、運命の相手だって思い込んでしまう。

——そんなこと、現実じゃよくあるのよ。

――恋って信じられないぐらい、人を盲目にさせてしまうから。

――私もそうだったわ。

――私は――選ぶ相手を間違えた。

――間違えた相手を、運命の人だと思ってしまったの。

でも、と続ける。

「……相手の浮気が原因で離婚して、妃さんがどれだけ傷ついたのか……俺には正直、想像もできません。結婚生活まるごと否定したくなるのも、当然なのかもしれません」

「だからって、失敗とか、選ぶ相手を間違えたとか、そういう風に片付けてしまうのは……なんか、寂しいなって」

「寂しい……？」

「寂しいですよ。だって……相手を好きだと思ったその瞬間の自分の気持ちまで、全否定してるんですから」

「それは……」

妃さんは言葉に詰まってしまう。

前の旦那に対する未練がある――わけではないだろう。

気持ちはとっくに切れていて、すでに前を向いている。

だからこそ、親父のことを（たぶん）真剣に愛してくれる。

でも。

現在の彼女がなにを考えていたとしても——過去の彼女が、前の旦那を愛していたことは、紛《まぎ》れもない事実なのだと思う。

「……な、なにが言いたいの、桃田くん？」

眉《まゆ》を顰《ひそ》め、少し不機嫌そうに言う。

「前の旦那との離婚は、間違いだったって言いたいの？」

「いやっ、全然そういうことではなくて」

慌てて首を振り、そして続ける。

「なにか偉そうに説教したいわけじゃないです。ただ俺自身、最近ずっと考えてて……。運命の相手って本当にいるのかな、って」

「運命の相手……」

「結局はまあ、運命という言葉をどう定義するかって問題な気もするんですけど——でも、みんなが思うような運命の相手っていうのは、ありえないと思うんです。その人を選んだだけで絶対に幸せになれると確定してるような、都合のいい運命の相手は」

「…………」

「昔、親父が言ってたんですよ」

「茂さんが？」

「人生でなにを選ぶかなんて、そんなに重要じゃないって」

俺は回想する。

中学三年生のときに、親父に言われた言葉を。

第六章　王様と王子様。

「人生でなにを選ぶかなんて、実は意外と重要じゃないんだよ」

親父は言った。

正直な話をしてしまえば、そのとき俺《おれ》は少し、ムッとした。

中三の自分が中三なりに考えた進路を――自分なりに選んだ道を、『重要じゃない』と否定されたような気がしたからだ。

「……なんでだよ？　なにを選ぶか、ってすげえ大事なことだろ。将来を左右するような選択が、人生には何回もあるんじゃないのか？」

人生は選択の連続で、選択の連続こそが人生。

なにを選ぶかで、その者の人生が決まる。

進学、就職、そして恋愛……人生には、重要な選択肢がいくつもある。

「そりゃそうだ。なにを選ぶかっていうのは、もちろん大事なことだよ」

でもな、と親父は続ける。

「なにを選ぶかより、もっと大事なことがある」

「もっと大事なこと……？」

「選んだ後に、どうするかだ」

親父は言った。

「お前が俺の後を継いでこの院をやっていくのか、それとも別の道を進むか……そんなことはどっちだっていいんだよ。なにを選ぶかはお前の勝手で、お前の自由だ。重要なのはどっちの道を選ぶかじゃなくて——選んだ後にお前がどうするか、だ」

「…………」

「どっちかの道が正解で、どっちかの道が不正解——そんなクイズ番組みたいな二者択一は、人生じゃありえない。どっちの道を選ぼうが自分次第で成功を摑《つか》めるかもしれないし……あるいは逆に、どっちの道でも、どんなに努力しても報われないかもしれない。人生なんてそんなもんだ」

親父は世代的にクイズ番組をたとえに出したのだろうが、俺の場合、ノベルゲームのルート選択みたいなたとえの方がしっくり来る話だった。

これがゲームだったなら。

ルートには必ず正解がある。

よほど捻《ひね》くれたゲームでもない限り、正しい選択肢を続けて選べば必ず正しいエンドに辿《たど》り着けるし、バッドエンドは回避できる。

でも。

現実はゲームとは違う。

正しい選択肢が常にあるとは限らない。

あるいは。

正しい選択肢を選び続けたとしても――

「要するに、選んだだけで成功が確約されてるような、正解の道なんてないってことだよ」

深く息を吐きながら、親父は言った。

俺の倍以上年を取っている男にしか吐き出せないような、感傷と哀愁を感じさせる台詞《せりふ》だと思った。

「どんな進路を選ぼうと、一番大事なのは選んだ後になにをするかだ。選んだ道で、どれだけ努力できるか、どれだけ踏ん張れるか……。未来を決めるのは、そういうことじゃねえかと俺は思うんだ」

「…………」

俺が思わず聞き入って沈黙していると、

「……はは。もしかすると、嫁選びも一緒かもな」

一人で楽しげに笑いながら、冗談めかした口調で親父は続けた。

「付き合っただけで幸せになれるのが確定してる、運命の相手……そんな都合のいい存在は、たぶんいねえんだろうな。誰を選ぼうが、一番大事なのは結婚した後に二人でどう生きてくか、なんだろうよ」

口調も表情も明るかったが、その瞳《ひとみ》にはわずかな憂いがあった。

「結婚したとき、梢《こずえ》も言ってたよ」

「母さんが？」

「楓《かえで》の妊娠だなんだといろいろあって、ようやく結婚して一段落したなと思ってた俺に、梢が言ったんだ——『これで終わったと思うなよ？』ってな」

「…………」

それはなんだか、字面《じづら》だけだと恐ろしい台詞だった。

世界への復讐を誓ったラスボスが、主人公サイドとの戦いに敗れた後に、最後の最後に捨て台詞として言いそうな台詞だった。

でも。

「『これから全てが始まるんだからさ』」

続く台詞には、なんだかとても気持ちのいい響きがあった。

結婚は——終わりじゃない。

ゴールじゃないし、ましてや墓場でもない。

始まる。

そこから、全てが――

「いいこと言うんだな、俺の母さんは」

「ああ。まあ……あいつの言う『これから』は、あんまり長くはなかったけどな」

そう付け足す親父の声には、どうしようもない寂《さび》しさがあった。

「茂《しげる》さんが、そんなことを……」

話を聞き終えた妃《きさき》さんは、考え込むような顔となった。

「親父としては、一番言いたかったのは進路のことで、最後の結婚とか嫁選びの話はついでだったと思うんですけど……でも、最近よく思うんです」

俺は言う。

「恋愛で一番大事なのは、付き合ってからなんだろうな、って」

付き合ってから。

結婚してから。

相手を、選んでから。

――過去の俺がなにを選ぶかなんてわからない。

――でも今の俺は――たとえ百万回人生をやり直せたとしても、織原《おりはら》さんを好きになりたいと思ってる。


俺は以前、指宿《いぶすき》にこんなことを言った。

百万回人生をやり直せたとしても、織原さんを好きになりたい。

百万回、織原さんを選びたい。

でも。

仮に百万回織原さんを選べたとして、それで終わりじゃない。

選んだからと言って、幸せな未来が約束されているわけじゃない。

そこから――始まるのだ。

百万回選んだのなら、百万回、誠実に相手と向き合わなければならない。

選択自体に正解・不正解などはなく、自分のその後で変わっていく。

どんなに素晴らしい相手だったとしても、不誠実な対応をすれば嫌われてしまうだろう。

逆に。

どんなに合わない相手だろうとも――あるいは、世間から大反対されるような禁断の関係だったとしても。

自分次第で、どうにかできるかもしれない。

「付き合ってから、結婚してから……二人の交際が始まってからどうするかが一番大事なことで……だから、付き合った時点で成功や失敗が決まってるなんてことは、きっと、滅多《めった》にないんだと思います」

「………」

「えっと、だからなにが言いたいかっていうと……」

頭を掻《か》きつつ、俺は言う。

この話の結論がこれでいいのかわからないし、そして俺がこんなことを言っていいのかもわからないけれど――でも、俺が今、一番妃さんに言いたいことを言っておこうと思った。

「お、お互いに頑張りましょうね、これから」

「お互い？」

「俺も、妃さんも……今好きな相手のことを、たぶん運命の相手だと思ってる。他《ほか》の誰でも代わりが利《き》かない、唯一無二の存在だと思ってる」

「………」

「でも妃さんが言ってた通り――それは、恋の盲目さが為《な》せる業なのかもしれない。恋に落ちた者が誰でもしてしまう、よくある勘違いなのかもしれない」

でも、それでも。

と俺は続ける。

「その盲目さを受け入れて、頑張っていきましょう。相手が運命の相手でも、そうじゃなくても、一番大事なのは『これから』どうするかなんだから」

これから。

そう、これからだ。

相手を選んだだけじゃ、なにも決まらない。

選んだ後にどうするかで、全てが決まる――

「『これから』……」

「……つってもまあ、妃さんより俺らの方がはるかに大変なんですけどね。乗り越えなきゃいけないハードルがたくさんあるし……つーかそもそも、まだ妃さんにも認めてもらってないし」

「…………」

妃さんはなにも言わず、俯《うつむ》いてしまう。

沈黙がキッチンを満たすが、それは気まずい沈黙ではなかった。

「えっと……じゃあ、俺はそろそろ寝ますね」

「……うん。おやすみ、桃田《ももた》くん」

そう言ってから、「ううん」と妃さんは首を振り、

「おやすみ、薫《かおる》くん」

と言い直した。

まるで——俺の家族みたいに。

「……おやすみなさい」

それだけ言って、俺はキッチンを後にした。

さすがにまだ、『お義母《かあ》さん』と呼ぶのは照れ臭かった。

翌日の昼下がり——

車の助手席に座ったまま、私は電話をかけた。

もう、二度とかけることはないと思っていた相手へと。

「もしもし？　久しぶりね」

『——』

「うん、本当に久しぶり。あなたと最後に顔を合わせてから……どれくらい経《た》ったかしら？」

『——』

「……ちょっと。そこまで怯《おび》えなくてもいいでしょう？　心配しなくても、お金の無心じゃないわよ。あなたからは、ちゃんともらう分はもらったから。これ以上一円たりともお金を請求するつもりはありません」

『――――』

「うん、まあ大した話でもないのだけれど、一応、報告ぐらいはしておこうかと思って」

『――――』

「私、再婚することになったの」

『――――』

「そう、再婚。最近、いい出会いがあってね」

『――――』

「ええ、本当によかったわ。実はね……もうお腹《なか》に子供もいるの」

『――――』

「ほんと、びっくりしちゃった。できるときはあっさりできるものね。あなたとはなかなかできなくて、それで不妊治療をどうするかって話で喧嘩《けんか》になったりもして……。ああ、ごめんなさい。責めてるわけじゃないの。ただ、そんなこともあったなあ、って思い出してただけ」

『――――』

「あなたの方はどうなの？　再婚とか……」

『――――』

「あらそう。まあ、そういうこともあるわよね」

『――――』

「……ううん。本当に、なんでもないの。ただ、あなたに報告したいと思っただけ。終わってしまったとは言え、私達、昔は夫婦だったんだから」

『――――』

「私ね、別れてからずっと、あなたとの結婚を後悔してた。相手を間違えた、相手選びで失敗したって……でも――あなたとの結婚自体を間違いだったみたいに言うのは、ちょっと違うかもしれないって、ふと思ったの」

『――――』

「もちろんあなたに未練があるわけじゃないし、寄りを戻したいわけでもないけれど……でも、あなたを好きだったこと自体を間違いで済ませるのは虚《むな》しいし、それになんか……ズルいわよね。私にだって悪い部分がなかったわけじゃないのに、それを全部『相手選びを間違えた』で済ませるなんて」

『――――』

「まあ一番悪いのは、どう考えても浮気《うわき》したあなたなんだけど」

『――――』

「本当よ。反省しなさい。もう二度と、浮気なんかしちゃダメよ」

『――――』

「変わった……？　うん、そうかもね。いろいろあったけれど、私今、すごく幸せだから

――幸せになるために、頑張っていこうって思えてるから」

『――――』

「お互い、これからも頑張りましょうね」

じゃあバイバイ、星野《ほしの》さん。

と。

言って、私は電話を切った。

かつての呼び名ではなく、他人行儀に名字で呼んで。

「……終わったのか、妃?」

運転席から、茂さんが声をかけてくる。

さん付けではなく、呼び捨てで。

二人きりのときはいつもこんな感じなのだけれど、薫くんや楓ちゃんの前では敬語になる。子供達の前で私を呼び捨てすることに、まだどこか恥じらいと抵抗があるらしい。

「はい、終わりました」

桃田家でのお泊まりの後――

私は茂さんの車で、実家まで送ってもらう予定だった。

今は途中で寄ってもらった、コンビニの駐車場。

そこで私は、茂さんに断ってから前の旦那に電話をかけた。

「すみません、私のわがままに付き合ってもらって」

「別にいいさ。大したことじゃない」

「わざわざ茂さんに時間を取らせることでもなかったと思うんですけど……ただ、やっぱり、隠れて前の旦那に電話するのは、不誠実なような気がして」

「俺はそんな小さいことを気にする男じゃない」

少しムッとして言うけれど、それはたぶん強がりだと思う。私が前の旦那と連絡したいと言ったときは、少しだけ不安そうな顔をしたから。

うふふ。

嫉妬されちゃった。

「でも――これですっきりしました」

私はスマホに視線を下ろし、前の旦那の連絡先を見つめる。

消さなかったことは――未練というわけじゃない。

離婚直後に消そうかと思ったけれど、慰謝料やらなんやらでまた連絡する必要があるかもしれないと躊躇《ちゅうちょ》し――そのまま、今日までほったらかしてしまった。

過去にこだわっていたつもりはない。

後ろを見ていたつもりもない。

でも――たぶん前は向いていなかっただろう。

下ばっかり見て、足踏みをしていたような気がする。

失敗だと決めつけて、間違いだと決めつけて、無理やりにでも忘れようとしていた。一つ失敗があったからって、なにもかも全てが失敗だったことにして、目を背け続けてきた。

運命の相手じゃなかったから仕方がない。

そんな便利な言い訳で、全部を片付けようとしていた――

「…………」

スマホを操作し、連絡先を削除する。

忘れるためじゃない。

黒歴史として葬るためじゃない。

嫌なことも楽しかったことも、全てを受け入れて――その上で前に進む。

そうしたいと、今は心から思えるようになった。

「茂さん」

私は言う。

「実家に帰る前に寄りたいところがあるんですけど、いいでしょうか?」

「え……」

茂さんは困惑した顔となる。

「でも、安定期に入るまでは、そういう行為は避けた方が」

「……いえ、そうではなくて」

うーん。

どうやら、寄りたいところ＝ホテルと思われたらしい。

とても悲しいけれど……自業自得すぎてなにも言えないわ。

「お墓に行きたいんです」

「お墓……」

「梢さんにも、きちんと挨拶《あいさつ》したいと思いまして」

私は言った。

茂さんは少し驚いた顔をした後、「わかった」と頷《うなず》いた。

車を発進させようと、左手をギアにかける。

そこに、私は自分の右手を重ねた。

「幸せになりましょうね、茂さん」

まっすぐ相手の目を見つめて、私は言う。

「私と茂さん、楓ちゃんと薫くん……そして、お腹の子の五人で一緒に。みんなで頑張って、幸せな家族になりましょう」

「……ああ」

茂さんは、言葉を噛《か》みしめるように頷いてくれた。

手を放すと、彼がギアを入れる。

車はゆっくりと、前に向かって走り出した。

♥

お姉ちゃんから電話がかかってきたのは、その日の夜のことだった。

桃田くんの家に泊まった、翌日の夜——

「……じゃあ、お泊まりは無事に終わったんだ」

『ええ、おかげさまで。姫《ひめ》ちゃんの料理も大好評だったわ』

「それはよかった。まあ、あんまり心配してなかったけどね。桃田くんからも、寝る前に連絡もらってたし」

『……そ、そうね』

なぜか言葉に詰まるお姉ちゃんだった。

まるで——桃田くんが私にラインを送った後に、とても説明できないような珍事件が起きてしまったかのような、気まずそうな反応である。

『ねえ姫ちゃん。今って時間ある？』

「え……なに？　別に大丈夫だけど」

『じゃあ――今日はちょっと、お姉ちゃんと長電話しましょうか』

お姉ちゃんは言った。

とても優しい声で。


まずは昔話。

『帰ってきてから、いろいろと荷物を整理してたのよ。来月ぐらいには、桃田家に引っ越すことになるから。そしたら……昔のアルバムが出てきてね。眺めてたらすっかり手が止まっちゃったわ』

「あー、片付けあるあるだね」

『うわー、懐《なつ》かしい。この頃《ころ》の姫ちゃん、ぷくぷくしてる』

「ちょ、ちょっとやめてよ！　高校時代のこと思い出させないで！」

『よく瘦《や》せられたわよねー。振り袖《そで》だけは絶対に瘦せて着たい、ってモチベーションで頑張ったんだっけ？』

「……まあね。お姉ちゃんのお古の振り袖だけど」

『お古じゃないでしょ。お父さんとお母さんは私達二人のものとして買ってくれたんだから。私が少し先に着たってだけの話よ』

「……ものは言いようだよね。昔からそんな風に言いくるめられて、お姉ちゃんのお古を使わされてた気がする」

『そうかもしれないけど、姫ちゃんが一番に買ってもらったものもたくさんあるでしょ？　うちにあるゲーム機なんて全部姫ちゃんのよ』

「……まあ、それはそれだよね」

『ゲームと言えば……姫ちゃん、たまに対戦して私が勝っちゃうと、そのたびにわんわん泣いてたわよね』

「そ、それは小学校ぐらいの話でしょ！」

『中学生ぐらいまで泣いてなかったかしら？』

「だ、だって……全然やってないお姉ちゃんに負けると、本当に本当に悔しくて……」

『姫ちゃんって、あんなにいっぱいゲームやってるのに、戦う系のゲームはあんまり強くなかったわよね』

「……あー、うるさいうるさい」

『あっ。こっちは姫ちゃんが就職したときの写真ね。うわー、初々しい。まだ全然スーツに慣れてない感じ。スーツに着られてる』

「うう……ちょっともう、やめてよっ。ていうかズルい！　お姉ちゃんばっかりアルバム見てるの、なんかズルい！」


次は茂さんとの話。

「じゃあ、来週には婚姻届を出しに行くんだ」

『ええ、大安の日に出すつもり。証人のところは、今日お父さんに書いてもらったしね』

「……お父さん、なにか言ってた？　その……できちゃった婚で、順番が前後してるみたいな件について」

『全然、なにも。初婚ならまだしも、私はアラサーのバツイチだからね。ようやく孫が見られるって大喜びしてるわよ』

「あはは……ならよかった」

『お母さんはお母さんで、早くもいろいろ買い始めちゃってるからね。哺乳瓶《ほにゅうびん》とか子供服とか。まだ安定期に入ってないから、知り合いには絶対言いふらさないでって言ってるけど』

「……やっぱり、そこまで安心はできないんだね、安定期に入るまでは」

『そうね。流れてしまう可能性は、常にあるから。私はギリギリで高齢出産には入らないけれど、決して若いわけじゃないし』

「だ、大丈夫だよ、たぶん」

『うん。ありがとう』

「ひ、一人で悩んじゃダメだよ。ストレスも胎児にはよくないと思うから。なにかあったらすぐ相談してね」

『ありがとう。まあ……今一番の悩みの種は、あなたと薫くんのことなんだけど』

「……あはは」


そして、桃田くんとの話。

『……改めて考えてもつくづくすごい話よね。姫ちゃんと薫くんって……一回りも年が違うんでしょう？』

「……一回りじゃないもん。十一年と十ヶ月だもん」

『それで話とか合うの？』

「全然合うけど……時折、どうしようもないジェネレーションギャップに絶望するときもあるね。『俺、ビデオテープって触ったことないんですよね』って言われたときとか」

『ああ』

「逆に『え？　織原さん、フロッピーディスク使ったことあるんですか？』って驚かれたときとか」

『ああ……』

「最近衝撃だったのは……『ポ●ノ』と『ラ●ク』知らないって言われたこと」

『え、ええっ⁉　そ、その二大巨頭を知らない人間が、日本にいるの⁉　「ポル●」と「ラル●」は日本の義務教育でしょ！』

「……普通に知らないんだって」

『そ、そんな……で、でも、薫くんって漫画とか読むんでしょ？　「ハガレン」のアニメとか見てなかったの？　ＯＰもＥＤも神曲揃《ぞろ》いだったあの伝説のアニメ。オタクじゃない私もハマって見てた、あの……』

「……見てないって」

『……あっ。ああ、そ、そっか、そうよね。薫くん世代だと、『ハガレン』のアニメと言えば、二回目の方なのよね』

「…………ううん。二回目の方も、世代じゃないんだって」

『え……？』

「ねえ知ってる、お姉ちゃん？　『ハガレン』ってさ、二回目のアニメも……もう十年以上前のことらしいよ？」

『……』

「絶望だよね……」

『ぜ、絶望ね……』


さらに桃田くんの話。

「ていうかお姉ちゃん……なんで急に『薫くん』呼びになってるの？」

『なんでって、そう呼ぶしかないでしょう？　茂さんの前で名字で呼ぶわけにもいかないんだから』

「あっ。そうか」

『……今回のお泊まりで、思い切り「桃田くん」って呼んじゃってすごい変な感じになっちゃったからね。もう絶対に名字でなんか呼ばないわ』

「……むう」

『なによ、なんだか不服そうね』

「だって……私がまだ『桃田くん』って呼んでるのに、お姉ちゃんの方が先に名前で呼んじゃうなんて」

『だったらあなたも名前で呼べばいいだけの話でしょう？』

「それはそうなんだけど……」

『ふむ？』

「……私が名前で呼んだら、向こうも私を名前で呼ぶでしょ？」

『ああ、もしかして名前を呼ばれるのが嫌なの？　そうよね、姫ちゃん昔から、自分の名前があんまり好きじゃないって言ってたものね』

「……ううん。名前コンプレックスみたいなのは、桃田くんと付き合い始めてから結構解消されてる感じがあって……だから、名前呼ばれることが嫌なわけじゃなくて……どっちかと言えば、逆で」

『逆？』

「う、嬉《うれ》しすぎちゃうの」

『…………』

「前にちょっと呼ばれたことがあったんだけど……ほんともう、嬉しすぎて幸せすぎて変な感じになっちゃって……。いつかは名前で呼び合いたいから、どうしたものかと悩んでるんだけど……」

『なんていうか……ご馳走様《ちそうさま》』

「ああっ、違うの！　惚気《のろけ》たわけじゃないの、真剣に悩んでるの！」

それからも、本当にどうでもいい話をした。

取るに足らない、雑談と呼ぶべき、四方山話《よもやまばなし》。

お姉ちゃんと二人で、こんな風にどうでもいいことを話すのは、なんだか少し新鮮だった。

最近ちょくちょく泊まりに来ることはあったけれど、お姉ちゃんとは……無理に会話をしたりはしない。長年一緒に住んでた家族だから、沈黙が苦になるようなことはない。

会話がなくても気まずくないような、そんな関係。

だから、こうしてずっと話しているのが、なんだか新鮮。

ああ——でも。

前にも一回、長電話したことがあったな。

あれは確か、お姉ちゃんの結婚前夜。

前の旦那さんとの結婚式前日に、こんな風に電話でたくさん話した——

『——ねえ、姫ちゃん』

二時間ぐらい、延々とどうでもいい話をした後。

いい加減話すこともなくなって、少しの沈黙が生まれたとき。

お姉ちゃんは、ふと思いついたように言った。

さっきまでの雑談と同じような、いつも通りの声で。

いつも通りの、優しく穏やかな声音で。

『薫くんとのこと、認めるわ』

最初は、なにを言われたのかわからなかった。

「え……え？」

『だから、認めるって言ったのよ。姫ちゃんと薫くんの交際を、認める』

あっさりと。

本当にあっさりと、お姉ちゃんは言った。

『認めるっていうか、もうなにも言わないってだけだけどね。少なくとも、これ以上反対したりはしないわ。もちろん、他の人がなんていうかは知らないし、そのとき私が助けてあげられるかはわからないけれど――でも、もう、私は反対しない』

「…………」

『どうしたの？　嬉しくないの？』

「……嬉しいけど、驚きの方が大きくて」

あんなに反対してたはずなのに。

喧嘩して仲直りした後も、そこだけは譲れないという態度だったのに。

「どうして急に……？」

『だって――二人は私がなにを言ったって、別れるつもりはないんでしょ?』

「……う、うん」

『だったらもう、しょうがないわよ。なんだか反対してるのもバカらしくなってきちゃってね。私も自分のことで手一杯だし、これ以上あなた達に構ってる暇はないから』

実に軽い調子で言うお姉ちゃん。

でもそれから、少し声のトーンを落として、

『……結局は、姫ちゃんが言ってた通りなのよ』

と続けた。

『法律のこととか世間体とか、いろいろ理由はあるけれど……結局私は、姫ちゃんに自分を重ねてただけ。姫ちゃんに、私みたいな思いをさせたくなかっただけ。好きな男を、愛を誓った男を――若い女に取られるような絶望を味わって欲しくなかった』

「お姉ちゃん……」

『今はよくても、これから先……何年も経って、恋心が少し冷めてしまったとき、薫くんは、一回り年上の姫ちゃんのことを……きっと捨ててしまう。もっと若い女の方へと行ってしまう……そんな未来を勝手に想像して、勝手に心配してたの。薫くんのことを……信じてあげられなかった』

「…………」

お姉ちゃんの不安は――痛いぐらいによくわかった。

私だって、そんな不安は常に抱えてる。

桃田くんのことを信じていないわけじゃないけれど――将来、今よりもっとおばさんになってしまったとき、彼は私のことをどう思うんだろう。

これからどんどん年を取り、大人になって格好よくなっていく彼に対し、私は今より綺麗《きれい》になっていくことが、果たしてできるのだろうか。

『でも、きっと大丈夫よ』

お姉ちゃんは言った。

私の不安を振り払うような、優しく温かな声で。

『彼ならきっと大丈夫。恋愛で一番大事なことを、ちゃんとわかってるから。私なんかよりも、ずっと……』

「…………」

『まあ、万が一、億が一、姫ちゃんが捨てられるようなことがあったとしても、それはそれで、いい経験よ。一回ぐらい恋愛で失敗したぐらいで、人生は終わらないんだから。また立ち上がって、新しい恋をすればいい』

「……うん。まあ、私と桃田くんは絶対別れないけど」

『誰だって上手《うま》く言ってるときはそう言うのよ。恋の盲目さが、そうさせるの』

前と同じような苦言を呈した後、

『でも』

とお姉ちゃんは続けた。

『そんな盲目さを受け入れて、二人で一緒に頑張っていくことが、きっと大事なんでしょうね。薫くんが、そういう風に言ってたわ』

「桃田くんが……」

『いい男ね、薫くんって』

「……うん」

『さすがは茂さんの息子だわ』

「あはは。惚気ないでよ」

『いいでしょ？　今までさんざん、あなた達の惚気話を聞かされてきたんだから』

私達は笑い合う。

どこにでもいるような、ごく普通の姉妹みたいに。

『じゃあ……そろそろ切りましょうか。だいぶ遅くなっちゃったし』

「うん。あ、あのさ、お姉ちゃん」

私は言う。

「結婚と妊娠、おめでとう」

『……なによ、改まって』

「いや、なんか……いろいろありすぎたせいで、ちゃんと言えてなかったから」

お姉ちゃんは少し間を開けた後、

『ありがとう、姫ちゃん』

と、涙を堪《こら》えるような声で、とても嬉しそうにそう言った。

epilogue　エピローグ

どうやら俺《おれ》の知らないところで、妃《きさき》さんは俺達のことを認めてくれたらしい。

『手放しで認めるというわけじゃないわよ。黙認ね、黙認』

お泊まりが終わってから二日後。

妃さんが俺に電話をしてきて、俺達の交際を黙認する上での、様々な条件を提示してきた。

『一つ、機会を見て、ちゃんと茂《しげる》さんにも報告すること』

これはまあ、当然と言えば当然だろう。

その上で『私は茂さんの意見に従うから、彼が反対したら私も反対する』とも言われた。

しかし……考えるだけで憂鬱《ゆううつ》にもなる。

だってなあ。

親父の立場や気持ちを想像しちゃうとなあ。

息子が一回りも年上の女と付き合ってるだけでも衝撃なのに、実はその相手は再婚相手の妹だったなんて。

しかも付き合ってたのは俺達の方が先。

さらに……実は親父はすでに、俺から『友達のお姉さん』と紹介されて、織原《おりはら》さんに会った経験もある。

つまり……想像を絶するほどに面倒な状況なのだ。

俺達のことを知った親父が、どんな反応をするのか全く想像もつかない。

でもまあ、避けては通れない道なのだろう。

いずれ機会を見て、きちんとしなければならない。

……このイベントに適したタイミングというものが、この世界に存在するのかはわからないけれど、それでもいずれ、ちゃんと……。

『二つ、周囲にはバレないように気をつけること』

これも、当然だ。

最近、どんどん適当になってきているから、改めて気をつけよう。

織原さんが本当の親戚《しんせき》の『叔母さん』になってしまったことで、今までより誤魔化《ごまか》しはしやすくなったのかもしれないけれど、それでも気をつけるに越したことはない。

『三つ、あくまで高校生という自覚を持ち、学生らしい恋愛をすること』

具体的に言うと『お泊まり禁止』『夜八時以降のデート禁止』『成績が下がったら、いろいろ制限を追加』とか、そういう感じ。

曰《いわ》く『これからは私が薫《かおる》くんのお義母《かあ》さんになるわけだからね。その辺は厳しくいくわ』とのこと。

これもまあ、当然と言えば当然だろう。

今までが緩すぎたのだ。少し自重せねばなるまい。

ただ『……私と茂さんにバレないようにならなにしても構わないから。止めて止められるものではないと思うし』と付け足されたので、妃さんはやっぱり妃さんだなあ、とも思ったけど。

そして。

最後の条件。

『四つ……絶対に幸せになること』

それは――ある意味で、一番難しい条件だった。

でも、絶対に守らなければならない条件だった。

かくして。

今回の騒動はどうにかこうにか幕を閉じた。

嬉《うれ》しいしホッともしてるんだけど……俺としては、これから妃さんを説得するために作戦を練っていたところだったので、少し拍子抜けした気分でもある。

手始めに、俺の熱い想《おも》いを綴《つづ》ったポエムを読み聞かせることで、俺がどれだけ本気で織原さんを愛しているかを伝えてみようと考えていたのだが……ポエム作戦は不発に終わってしまった。

うーむ。

いいのができたんだけどなあ。

まあ、ともあれ。

このところバタバタしていた俺達にも、ようやく平穏が訪れた。

時は過ぎて――九月末。

俺の、十六回目の誕生日がやってきた。

「桃田《ももた》くん、誕生日おめでとう！」

クラッカーの音が部屋に鳴り響く。

午後六時。

織原さんの部屋で、二人きりの誕生会。

食卓には織原さんが作ってくれた豪勢なパーティー料理と、小さめサイズのホールケーキが並ぶ。

「ありがとうございます、織原さん」

「本当に……本当におめでとう。嬉しいね、16歳、すごく嬉しいね！」

「そ、そんなに嬉しいですか？」

「だって桃田くん――16歳になったんだよ、一個年を取ったんだよ！」

「はあ」

「そして私は――なんとまだ27歳！」

織原さんは言った。

すっごくテンション高めに。

「つまり今、私達の年の差は……11歳なの！　一回りじゃないの、11歳差なの！　これでもう、負け惜しみみたいに『一回りじゃなくて、11歳と10ヶ月』とか言わなくてもいいんだよ！」

「…………」

「……まあ、12月になったら私が年を取って、元に戻るんだけどね。ほんの二ヶ月ちょっとの奇跡でしかないんだけどね、あはは……」

一人で盛り上がった後、一人で落ち込む織原さんだった。

テンションの浮き沈みが激しすぎて、ちょっとついていけなかった。

そんなこんなで楽しい会話をしながら食事をした後は——

いよいよお楽しみ、誕生日プレゼントの時間だ。

「え、えっと……あ、あんまり期待しないでね」

これまで楽しげだった織原さんが、急激にもじもじし始めた。

「お姉ちゃんのこととかいろいろあったせいで、全然時間がなくてさ。ずっと考えてはいたんだけど、考えれば考えるほどわかんなくなっちゃって。なんか違うかもって思い始めても、買い直す時間がなかったっていうか……」

「そんな謙遜しなくても……織原さんが選んでくれたものなら、俺はなんだって嬉しいですよ」

「うう……ほんとに？　ほんとにほんとに？」

「ほんとです」

「絶対笑わない？」

「笑いませんって」

「ん～……、じゃあ……はいっ」

勇気を振り絞《しぼ》るようにして、織原さんはプレゼントを渡してくれた。

綺麗《きれい》に包装された、縦長の小さい箱。

「開けてもいいですか？」

「う、うん……」

許可をもらって包みを開く。

まず出てきたのは、眼鏡《めがね》入れみたいサイズ感のケース。

その中身は——

「これ……ボールペン、ですか？」

「ま、万年筆なの、一応」

「え……これが万年筆？」

万年筆と言われれば、黒か紺の胴軸に金のラインが入っているような、重厚感と高級感溢《あふ》れるデザインをイメージしてしまう。

でもこの万年筆は、なんとスケルトンボディだ。

ペン軸こそ万年筆っぽい感じだが……なんというか、いい意味で万年筆っぽくない。近未来的でオシャレなデザインをしている。

「ハイテクな万年筆、らしいよ。会社で使ってる人がいて、すごく使いやすいって評判でさ。そこまで高いものじゃないんだけど、文房具としては一応、高級品に分類される感じで……」

不安と緊張の籠《こ》もった声で、織原さんは続ける。

「こ、これでもいろいろ考えたんだよ？　できるなら毎日持っててくれるものがいいなあ、って思って……。でも学生らしくない高級な財布や鞄《かばん》はなにか違う気がして……、でもあんまり安いものも嫌で……。そこで思いついたのが、ちょっと高級な文房具だったっていうか……」

「なるほど。へえ、いいなあ。格好いいですね、これ」

「万年筆なら桃田くんが持ち歩いてても全然不自然じゃないし、それにこれから、使う機会も増えるでしょ？」

「そうですね。なにかしら書くことは多いですし」

「……うん。ほら、あと……二年後とかにも」

「二年後……ああ、確かに高三になったら、シャーペンじゃダメなものを書く機会も増えますよね。願書とか」

「そ、それもそうだけど……ほら、あの、ねえ？」

顔を赤らめ、指をもじもじと絡《から》めながら、織原さんは続ける。

「桃田くんが……二年後って約束してくれた、あれも」

「あれ……？　二年後――って、まさか」

「そう。婚姻届」

織原さんは言った。

恥ずかしそうに、でもとても幸せそうに。

「桃田くんが18歳になったら、書くって約束したでしょ？　だからそのときに、この万年筆を使えたらいいなあ、と思って。婚姻届を書くペンが、二人が付き合って初めて渡した万年筆だったら……なんかそれってすっごくロマンチックで素敵なことのような気がして――」

「………………」

「――嘘《うそ》。ごめん、なし、全部なし……ごめん、ほんとごめん、やっぱり全部忘れて……。重いよね、キツいよね、ドン引きだよね。この重さはロマンチックって言葉じゃ到底誤魔化しきれないよね……」

衝撃のあまり言葉を失ってしまう俺に対し、織原さんは絶望と恥辱の表情となって謝罪を繰り返した。

付き合って初めての誕生日プレゼントが――万年筆。

込められた想いは――

『これで婚姻届を書きましょう』

…………。

いやー、これは……うん。

これはさすがに、いくら俺でも――

「……お、重いですね」

「〜〜〜〜っ⁉ う、うう……ご、ごめん、ごめんね……。なんかもっと普通のプレゼント、別に用意するから！ も、もうそれ、返して……！」

半分泣いたような顔で万年筆に手を伸ばしてくる織原さんだったけれど――

ひょい、と。

俺はその手を避けた。

「返しませんよ。これ、めちゃくちゃ気に入りましたから」

「え……で、でも、重いって……」

「重いですけど、でもなんていうか……その重さが、心地いいんです」

俺は言う。

「引くぐらい重い織原さんが、俺は大好きですから」

「……え、えー。それ、褒《ほ》めてる？」

褒めたつもりだったのだけど、織原さんは大変複雑そうな顔になってしまった。

「俺が18歳になったら、これで婚姻届を書きましょう」

「……うん」

「それまでに、どうにかこうにかみんなを説得して、そして――」

「――みんなで幸せになる」

結論を引き取るように織原さんが言って、俺は「はい」と頷《うなず》いた。

そこで言葉が尽きて、しばしの沈黙が生まれる。

俺が小さく手招きすると、彼女は無言のまま身を寄せてきた。

腕を回して肩を抱くようにしながら、

「大好きだよ、姫《ひめ》」

と、俺は言った。

恥ずかしかったけれど、少し勇気を出して。

「～～っ。あー、う～……」

織原さんは顔を真っ赤《まか》にして、あちこち視線を泳がせた後、

「わ、私も大好きだよ……か、薫くん」

と、ぎこちなく言った。

「うう～、ズ、ズルいよ、不意打ちはズルいっ」

「別にズルくはないでしょ？」

「だって、だってぇ……」

拗《す》ねたように頬《ほお》を膨らますけれど、でもすぐに、堪《こら》えきれない様子で笑みを零《こぼ》してしまう織原さんだった。

それからはまあ……なんというか、ひたすらに幸福な時間が始まる。

新しいお義母さんから門限は八時と設定されてしまったため、あまりアダルトな行為はできないけれど――それでも、十分すぎるくらい幸せだった。

同じ考えを共有できて、同じ方向を向いて進んでいけることが、他《ほか》のなににも代えがたい幸福だった。

これから先、なにが起こるかはわからない。

でも俺達二人なら、どんな困難でも乗り越えられる気がした。

それはやはり、恋の盲目さが生む気の迷いなのかも知れないけれど――でもその全てを受け入れて、彼女と共に未来に進みたいと思った。

あとがき

人生には重要な選択肢ってのがいくつもあって、大多数の人間が真剣に悩んで自分なりの選択をしていきます。ノベルゲームと違って人生はセーブ&ロードできないし、Ｉｆルートもない。自分の選んだ道だけを進んでいくしかない。でも逆に言えば——選択肢だけで全てが決まってしまうってことは、たぶん滅多にないんですよね。ノベルゲームならば不正解のルートを選んでしまったらそれでおしまいですけれど、現実は自分の力でどうにかできるかもしれない。逆に成功確定ルートを選んだとしても、ちょっとしたミスで全てが台無しになってしまうかもしれない。選択肢も大事だけど、もっと大事なのは選んだ後にどうするか。進路でも、恋愛でも。

そんなこんなで望公太《のぞみこうた》です。

年の差ラブコメ、第五弾。織原《おりはら》姉妹がメインのお話。27歳と34歳の姉妹。女性はいくつになってもお姫様、という話だったような、そうでもないような。

四巻ラストで投下した爆弾展開、ぶっちゃけ作者自身もどう着地するのかはさっぱり決めてなかったです。担当さんから「これ、どうやって収集つけるんですか?」と問われても「さあ?　五巻書くときの僕がなんとかするでしょう」という必殺の未来丸投げ作戦を実行したのですが……まあ、どうにか収まるところに収まったのでないかと。今回ほんの少し、条例やらなんやらについて触れましたが、この作品は東北の南の方にある架空の県を舞台としていますので、条例もあくまで架空の県の条例です。現実の条例とは一切関係ありませんので、悪しからず。

次巻は文化祭編です。桃&姫じゃない組み合わせを掘り下げる回になりそうですが、僕のことなので全部未定です。六巻書くときの僕が頑張ります。

唐突に雑な告知。コミカライズもよろしく！　あと他社の作品もよろしく！　そして四月にGA文庫から出る新作もよろしく！　もちろん今回も年上ヒロイン！　なんと年の差――一歳！　先輩後輩の学園ラブコメです！

では以下謝辞。

担当様。今回もお世話になりました。新作でもよろしくお願いします。ななせめるち様。今回も素晴らしいイラストをありがとうございます。表紙のノースリーブ姿が本当に尊いです。

そしてこの本を手に取ってくださった読者の皆様に最大級の感謝を。

それでは、縁があったら六巻で会いましょう。

望公太

ファンレター、作品の
ご感想をお待ちしています

〈あて先〉

〒106－0032
東京都港区六本木2－4－5
ＳＢクリエイティブ(株)
GA文庫編集部 気付

「望　公太先生」係
「ななせめるち先生」係

本書に関するご意見・ご感想は
右の QR コードよりお寄せください。

※アクセスの際や登録時に発生する通信費等はご負担ください。

https://ga.sbcr.jp/

ちょっぴり年上でも彼女にしてくれますか？ 5
～いくつになってもお姫様～

発　行　　2020年2月29日　初版第一刷発行
著　者　　望　公太
発行人　　小川　淳

発行所　　SBクリエイティブ株式会社
〒106－0032
東京都港区六本木2－4－5
電話　03－5549－1201
03－5549－1167（編集）

装　丁　　AFTERGLOW

印刷・製本　中央精版印刷株式会社

ISBN978-4-8156-0467-7
Printed in Japan　　GA文庫

GA文庫4月刊予告

「きみって私のこと好きなんでしょ？
お試しでつきあってみる？」

望公太最新作
つきあってから始まる
両片想いの青春ラブコメ！
イラスト：日向あずり

変態奴隷ちゃんと堅物勇者さんと

著：中村ヒロ　画：sune

GA文庫

「私を【奴隷】にしてください！」

　勇者エドワードの家に押しかけて来た美少女エルフ・アスフィは奴隷の首輪を自分で嵌めて、家に居座り健全だったエドの生活をどんどん侵食しはじめる！

「ご主人様は、えっちな事をする奴隷を必要としているのですよね？」

「大丈夫。匂いが強くて興奮します！」「お仕置きはご褒美です…♥」

　対するエドも、周囲から【堅物】と呼ばれた真面目ぶりを発揮。逆に彼女を更生させようとするが……！？

「俺がお前をまともな女にしてやる」「今日も夜這いをがんばるぞい☆」

　押し掛け奴隷と堅物勇者のハイテンション日常コメディ！！